Alagoas Azul

LIVRO VENCEDOR
PRÊMIO CAIO FERNANDO ABREU
FESTIVAL MIX BRASIL 2020

Alagoas Azul

Bruno Coelho

Copyright © 2021 Bruno Coelho
Alagoas Azul © Editora Reformatório

Editor
Marcelo Nocelli

Revisão
Marcelo Nocelli
André Balbo

Imagem de capa
Agonia Dourada, 2020
(Óleo, giz pastel oleoso, pasta metálica e ouro 12k sobre a tela).
Bred www.instagram.com/brednatella/

Design e editoração eletrônica
Negrito Produção Editorial

Dados Internacionais de Catalogação na Publicação (CIP)
Bibliotecária Juliana Farias Motta (CRB 7-5880)

Coelho, Bruno
    Alagoas Azul / Bruno Coelho. – São Paulo: Reformatório, 2021.
    112 p.: 14 x 21 cm

    ISBN 978-65-88091-23-4

    1. Romance brasileiro. 1. Título.
c672a   CDD B869.3

Índice para catálogo sistemático:
1. Romance brasileiro

Todos os direitos desta edição reservados à:

EDITORA REFORMATÓRIO
www.reformatorio.com.br

Para o nunca morto Graciliano,
e para a sempre viva Marélen

ALAGOAS NEM SEMPRE FOI UMA MULHER. Ela era o único dos meninos que não sentia graça nas piadas sobre a *vulva cabeluda de Marcela*. Talvez tenha sido minha mãe quem tirou uma foto nossa — de mim, Alagoas e Augusto — posando na frente da estátua de Graciliano; há quanto tempo? Antes de Augusto casar, o ajudei com algumas mudanças, revirando uma caixa que nossa mãe havia feito, lá estávamos nós, naquela foto. Eu, Augusto e Alagoas. Peito reto. Rosto quadrado, de menino, ainda que com braços como gravetos secos. Mas só eu e Augusto estamos sorrindo. Isso foi bem antes de tudo dar errado e nossas vidas se separarem.

Augusto morreu há três anos e Alagoas não tem casa desde o ano passado porque Maceió está afundando. Quando alguns bairros começaram a ter terremotos, muitos estranharam. Eu já morava em Salvador e quem me contou da situação de Maceió foi Alagoas. Não sei ao certo a extensão do estrago, mas dizem que é grande. Alagoas me disse que são muitas famílias prejudicadas. E isso corre, até então, por quatro bairros. É o minério — um sal qualquer, extraído sabe-se lá como — responsável pela sintetização do plástico. Esse percalço levou Alagoas a adiantar um plano em sua vida. Como posso eu julgar? Se as circunstâncias da minha vida tivessem sido minimamente próximas, talvez hoje eu fizesse o mesmo.

Eu nunca pensei que fosse parar na computação. Acontece que Augusto e eu fomos os primeiros da rua a ter um computador. Quem supunha onde isso iria nos levar? À introspecção? À timidez? À pornografia? No fundo, acho que é justo dizer que segui meu irmão. Digo, os números são números — só. Mas Augusto era fascinado. Depois da faculdade de matemática, começou o mestrado em física, quando dei por mim, eu já estava empregado desenvolvendo softwares. Por quê? Não sei, só aconteceu. Mas foi antes de eu terminar a faculdade que Alagoas me pediu ajuda. O streaming não era tão popular quanto hoje. E foi num dia qualquer que vi numa tela de computador: ela. Falamos no telefone e trocamos fotos. Nessa época ela estava só pensando em ir para Recife, caso algo acontecesse. Alagoas queria ser uma camgirl, fazendo performances e tudo. Tirando a roupa, atendendo a pedidos, ou só conversando mesmo. Eu fiz o site pra ela. Perguntei se ela já tinha feito isso antes e se saberia lidar. Alagoas disse para eu não me preocupar. Ela só tinha um desejo: o nome. Alagoas Azul. Não cobrei nada. A boa notícia é que deu certo e ela começou a ganhar algum dinheiro logo, porque as pessoas gostavam dela e ver uma camgirl ainda era algo novo. Então vieram os tremores e as rachaduras de Maceió. A casa de Alagoas sofreu muito com a mineração. Por algumas semanas ela ficou em casa, assim como muitas outras pessoas. Ela havia comentado de alguma amiga em Recife, que foi quem a empurrou para o plano seguinte. Esta amiga, não era uma *amiga*. Ela era uma sugar mommy — Alagoas depois me explicou o conceito. Em resumo, ela saiu de Maceió e foi morar com essa mulher, Mairá, em troca de favores. E nunca foi algo abusivo — pelo menos é o que ela me contou.

Nesse último ano falei pouco com Alagoas. Às vezes eu a via, online. O site corria bem, por isso não me preocupei muito. Foi só quando escutei da queda de um avião em Recife, com 147 pessoas a bordo, que fiquei com medo. Alagoas não entrou mais no site. Minhas mensagens não chegavam e havia dificuldade em conseguir alguma informação de Recife. Na TV, por mais de uma semana era só o que se passava. No dia do acidente, a lista dos passageiros estava no ar. Não havia Alagoas, mas o nome dele, menino. E tive uma coisa muito ruim quando também vi Mairá na lista, registrada como morta. Aos poucos, a lista de sobreviventes era atualizada. O nome dele constava como não-morto. Quando, no fim da semana, consegui confirmação de que era mesmo Alagoas, desmaiei. Acordei com Silvana desesperada em cima de mim, ligando para a ambulância. Consegui acalmá-la e expliquei o que havia acontecido. Disse que ela não precisava se preocupar e que tudo ficaria bem. Mas Silvana não confiava em mim. Eu entendo. É complicado, na verdade. Ontem, quando eu saí, ela completava 35 semanas de gravidez e as coisas não andavam muito bem. É complicado.

Eu consegui uma folga do trabalho. Essa parte foi fácil. Eu poderia ter pegado um avião e chegado em Recife em algumas horas, mas não consegui aceitar a ideia e peguei a estrada. Conforme me disseram do hospital, Alagoas não poderia ficar por muito mais tempo na emergência e devido ao acidente um grande contingente de pessoas havia dado baixa. A recomendação era o atendimento dos casos urgentes e, por incrível que pareça, Alagoas não era urgência. Meu plano era vir dirigindo e trazer Alagoas para Salvador comigo. Ela não tinha para onde ir. E já não estava mais na UTI. Na verdade, ela já estava pronta para ir embora. E foi o que fiz. São aproximadamente 12 horas de Salvador a Recife, sem parar. Me sinto estranho porque não senti essas últimas 12 horas. Em todo o trajeto até Pernambuco não consegui parar de escutar a voz de Augusto vindo do banco de trás, cantarolando alguma coisa baixinho e respirando, e sentir um olhar que não estava lá. Com a chegada ao hospital de Recife, meus ouvidos finalmente cederam. Lá estava eu.

É só entrar ali, perguntar pelo nome dele, dizer quem eu sou. Abri a porta do carro e caminhei em direção ao hospital. Faz anos que não a vejo, pessoalmente. Durante a viagem eu parei duas vezes apenas. Só agora comecei a sentir o meu corpo. Não está muito quente. É 31 de janeiro. Essa fachada é muito parecida com a fachada do prédio onde eu morava, em Maceió. Quantas pessoas morreram nesse acidente? Não foram muitas. Este não foi um acidente qualquer. O avião decolou e durante a subida teve uma pane, nos céus de Recife. Ele acabou caindo perto do aeroporto, atingindo uma parte do Parque Histórico Nacional dos Guararapes. Dizer o nome dele.

Se Augusto estivesse aqui, ele diria *Essa fachada, toda ela, é muito geométrica*. Ele estaria certo. Era. Não sei se foi a memória de Augusto ou a brusca mudança de posição, mas meu peito começou a bater a ponto de eu escutar cada batida, cada uma mais alta que as pessoas ao redor. Pensei em voltar para o carro e tomar a água que eu havia comprado em uma das paradas. Mas, antes de me virar, meu telefone tocou e eu não estava mais em frente ao hospital e sim, dentro de Silvana, 35 semanas atrás. Isso nunca foi parte do plano. É complicado. Não era pra ter acontecido assim. Silvana carregou um fantasma por muito tempo, em casa, no trabalho, nos filhos que não vieram, até nos aproximarmos. 35 semanas depois eu estava prestes a ver Alagoas pela primeira vez e não mais aquele menino da rua. Ou será que ainda aquele menino da rua? Era Silvana quem me ligava. Antes de qualquer coisa ser dita, senti um desamparo enorme, por alguma razão. Eu não queria falar com ninguém naquele momento, mas fiquei com vergonha por pensar assim depois de ela me contar que entrara em trabalho de parto. Eu estava prestes a entrar no hospital errado? Silvana estava com uma amiga quando as contrações ficaram mais fortes. Na verdade, era ela quem havia me ligado e depois passara o telefone para Silvana. Ouvi muita correria antes de Silvana conseguir me contar melhor o que se passava. Ela me explicou o que aconteceria e pediu para eu voltar.

Meus joelhos ficaram fracos de repente. Meus ombros se sacudiam e meu peito ainda batia forte. Eu não queria pensar em Augusto. Eu não queria pensar em Silvana. Quase não pude acreditar quando um jaçanã pousou bem na minha frente, aos olhos de todos que entravam e saíam do hospital. Um jaçanã por aqui. A única razão pela qual eu sabia que era um jaçanã é porque Alagoas — por incrível que pareça — havia me comentado sobre, algum tempo atrás. Não lembro como chegamos ao assunto, mas começamos a falar sobre pássaros e ela me mostrou algumas fotos. Ela comentou brevemente sobre um biólogo — um cliente. De repente me senti mais leve e o jaçanã foi embora. Acompanhei-o desaparecendo em direção à praia. Eu já não sabia mais dizer se estava frio ou quente. A única coisa que conseguia sentir bem era meus pés e quando notei isso, caminhei até o saguão do hospital. A primeira coisa que me marcou foi o eco que vinha do fundo de um grande corredor cheio de pessoas que se amontoavam pelas paredes e subiam pelos bancos. Em seguida, me fixei no bebedouro próximo à porta e fui até ele, mas fui interrompido por um homem grande que havia pulado de algum ângulo que eu não vira e agora se encontrava na minha frente, bebendo. Enquanto eu esperava, vi três crianças brincando de esconde-esconde entre as cadeiras e uma delas segurava um brinquedo de madeira ou algo assim. Não sei se elas estavam perdidas. O homem foi embora e pensei mais uma vez em Augusto e Silvana. Depois de tomar água percebi que estava com mais sede do que imaginava. As cores pareciam mais fortes e os sons se emudeceram conforme eu adentrava o saguão. Alguém havia pendurado uma placa mais adiante com os dizeres *voo 2275 pacientes família visitantes informações* e uma seta. Me dirigi para o fundo do corredor pensando nas três crianças que brincavam de esconde-esconde.

Havia macas por todos os lados e sacos, sacolas, penduricalhos de toda espécie. O corredor afunilava à medida que se chegava ao fim. Esbarrei em muitas médicas, anestesistas, enfermeiros e recepcionistas. A constante esquiva de direção me desorientou e pensei que eu fosse cair no chão. Porém, alguém me agarrou. Na verdade, era o mesmo homem de antes, o que havia atravessado na minha frente no bebedouro. Ele agora me colocava contra a parede numa forma tenra e bronca ao mesmo tempo. Sentindo que eu ia desmaiar, ele tentou abrir caminho para me colocar numa cadeira, o que não chegou a ser necessário. Mas agradeci. Em resposta, ele me sorriu e parecia conter algo.

— Nós nunca nos conhecemos. Nem nos vimos antes. És sabido nos versos de Camões, indeletério sonhador? Ou será que sonhas em viajar para algum lugar inesperado ou até mesmo para um lugar tão antigo que nem lembra mais, e se voltasse assim de repente poderia parecer como se tudo fosse pela primeira vez, mas uma primeira vez como se não fosse uma primeira vez? Aonde vais?

Assim que o homem abriu a boca uma mulher mais velha saiu de trás dele, abraçando-o. Fiquei sem reação e preferi deixá-lo terminar, mas ela interveio antes.

— Me desculpe. — ela disse.

— Está tudo bem.

— Me desculpe. — ela repetiu — Não te preocupes. Afonso tem um parafuso a menos. Não és indisciplinado, és insubsistente. Não é mesmo? — perguntou ao homem.

Ela o olhava com muito cuidado. As mãos, os pés, os cotovelos, a aba do seu boné. Ele parecia mais alto ainda por causa do teto, ali mais baixo do que no saguão. Abriu a boca e fez como um ganso, mas havia algo lá dentro que não saía. Nem um som sequer. Não foi esse gesto que me gelou por dentro, mas sim a maneira como ele procurava algo nos cantos do chão. Fiquei preocupado de que talvez agora eu fosse mesmo cair e dei um passo para trás. Eu só poderia desconfiar de que ele fosse autista por causa de Atílio. Eu e Augusto tínhamos em nossa rua um menino autista. Ele nunca fez nada a ninguém nem qualquer coisa que valha. Ele era muito só. Sem pai, sem mãe. Não sei a que escola ele ia. Nós não falávamos muito com ele. Os olhos são os mesmos. Atílio tinha uma fixação por pedras. Ele sempre carregava um pedaço de carvão pra cima e pra baixo. Por causa disso suas mãos sempre estavam sujas e suas roupas também. A única pessoa que cuidava dele era sua avó. Se você passasse por ele na rua, poderia ver o jeito como seus olhos ficavam indo de um canto ao outro. A única razão pela qual eu sei que ele era autista foi porque uma vez conversei com sua avó e ela me contou. Quando Atílio foi embora do bairro, Alagoas já não estudava mais na minha escola. Nunca mais o vi.

— Você veio visitar alguém? Alguém do avião? — a mulher perguntou.

— Sim, na verdade vim. Eu preciso falar com alguém? Digo, eu preciso dizer que estou aqui?

— Há uma assistente social nos ajudando. Talvez você possa falar com ela. Assim que ela chegar lhe apresento. Mas ainda é cedo. Eles nos deixam vê-los só a partir das sete horas.

A mulher parecia fixa em meus olhos, de uma forma agradável, destoante do resto. Ninguém parecia prestar muita atenção naquele momento todo. Os vozerios haviam acalmado e as sensações de fragilidade estavam saindo de mim. Me sentei ao lado dela e ela fez o mesmo. O homem, Afonso, ficou de pé na nossa frente.

— Você veio ver alguém também. — eu disse.

— Sim. Meu marido. Ele estava voltando pra casa. De volta a Boa Vista.

— Roraima?

Ela sorriu.

— Cabo Verde.

— E como ele está?

— Ele ainda está em coma. Falaram em quadro instável... situação complicada... imprevisibilidade perante as condições atuais.

Ela parou e perdeu-se olhando um ponto na parede. O homem, Afonso, durante esse tempo encontrava um ponto de apoio ora num pé ora noutro, indo com um embalo suave de cada vez, como um pêndulo. Ela agarrava a ponta do banco.

— Qual é o nome dele, do seu marido? — perguntei.

— Amílcar.

Quando ela se virou pude perceber melhor as olheiras em seu rosto. Será que estava com fome? Em uma das paradas eu havia comprado um pacote de castanhas de caju. Estava esquecido no bolso da camisa. Só então o percebi. Ofereci. Ela aceitou e eu também comi um pouco. O homem não quis. Para dizer a verdade, só comi pra passar o tempo e me ocupar com alguma coisa. Mas acho que foi a escolha certa porque as cores me pareceram estar todas no lugar onde deviam estar. E foi só então que pude notar como era amarela aquela sala de espera. E triste também.

— Desculpe, eu não pude deixar de escutar o seu sotaque. Vocês também são de Cabo Verde?

— Sim. Bom, eu sou. Afonso nasceu em terras brasileiras. Pessoalmente, estou aqui há... quase quinze anos.

— Você tem certeza de que seu filho não quer comer nada?

Ela mudou de expressão.

— Afonso não é meu filho. Ele é sobrinho de Amílcar. Mas o que é um filho, não? Você tem crianças?

— Como posso explicar isso? Ele está nascendo, neste exato momento. Mas não aqui. Em Salvador. Não planejei pra ser assim. Voltarei assim que eu resolver tudo isso.

Acho que ela escutou o que falei com muito pesar porque não consegui ver outra coisa em seus olhos a não ser um sentimento de ausência e isso me afetou. Ela apenas segurou minha mão e eu tentei me concentrar no amarelo da sala de espera.

— Por que seu marido estava voltando para Cabo Verde?

— Seu irmão anda enfermo. Ele está acamado. É algo nos pulmões, uma moléstia dessas.

— Nos pulmões, nos pulmões. O planeta, o planeta está morrendo. O planeta está morrendo, você sabia? Mas os pulmões não estão nas florestas, eles estão no mar. São as algas, elas são os verdadeiros pulmões. — disse Afonso.

— Sim, elas são. — disse a mulher e então se virou para mim — Espero que a pessoa que você veio ver esteja bem.

— Ah, sim, me disseram que ela já está bem melhor. Eu vou levá-la embora, na verdade. De volta pra Salvador. Você já conhece, já esteve lá?

— Não, não conheço. Não viajamos muito. Mas já fomos até Alagoas.

— Mesmo? Eu sou... nós somos de Maceió. Nossas famílias são de Alagoas. Mas eu não moro mais lá. É um pouco estranho pensar assim, mas não faz mais sentido pra mim continuar morando lá. Não que tenha algo de errado, é só estranho mesmo. Eu cresci lá. Tudo que eu vi pela primeira vez, vi em Maceió. Talvez eu tenha dificuldade de criar raízes num lugar, não sei. Não queria que fosse assim. Sabe, quando meu irmão era vivo a gente costumava pensar em sair de Alagoas e eu sempre pensava que não iria sair. Mas agora é diferente. Não me sinto mais o mesmo em Alagoas sem meu irmão.

— Sinto muito sobre seu irmão. Eu tive muitos irmãos. Alguns já morreram. Veja que foi por causa de Leonel, o mais velho, que acabei conhecendo Amílcar. Eles trabalharam juntos com um negócio de marcenaria, para o qual fui cooptada por Leonel para ajudar. Entenda aqui o *ajudar* como trabalho involuntário voluntário. Nós não íamos à escola antes da independência. Eu só comecei a estudar depois. Eu não tinha muito o que fazer e achei que seria melhor acompanhar Leonel. Às tardes, eu o seguia até a oficina e via, via eles montarem as coisas e aprendia e aprendia. Mas não foi como que sem sentido. Ao menos pude conseguir montar uma cadeira sozinha. E então veio o ciclone Debbie e a oficina deixou de existir. Eu estava prestes a fazer dez anos quando isso aconteceu. Foi tão rápido tudo que parece que não aconteceu. Ninguém que eu conhecia se machucou. A verdade, é essa: um avião caiu por causa do ciclone. Um avião.

— Que coincidência. Quero dizer, minha mãe também trabalha com marcenaria. Ela faz cadeiras, caixas, mesas, molduras, tampas, portas, armários, mesa de cabeceira, até pás de ventilador ela faz. Mas ela está aposentada agora. Isso é só um passatempo mesmo. Sinto pelo acontecido.

— Foi há muito tempo. Meu irmão mais novo, Lorimar, recém havia entrado no PAIGC quando o ciclone veio. E depois que as coisas ficaram sérias contra Portugal, eu o via cada vez menos. Mas por sorte ele ainda está vivo e hoje é professor. É uma pena porque depois do ciclone a nossa família começou a se separar. Tudo começou com Lorimar e a dificuldade que nossos pais tinham de entender tudo aquilo. Às vezes penso que nenhum de nós deveria ter saído de Cabo Verde. Meu marido… ele atravessou o Atlântico para ser motorista. Primeiro de caminhão e por último de Uber. Isso é progresso? Faz cinco anos que estávamos juntando dinheiro para uma passagem. Quando Amílcar acordar não sei o que farei. Não posso dirigir, nem Afonso. Não há emprego para mim aqui, nem para vocês têm, estou errada?

— As ventanias são mesmo surpreendentes. Sobe, sobe, sobe, sobe uma casa por cima do morro uuuuuuuuuu... — disse Afonso.

Aquele sotaque fez com que eu pudesse me acomodar melhor dentro de mim mesmo. Minhas mãos pareciam gigantes por algum motivo e isso fez eu me sentir bem. Me aperta saber que talvez nunca mais a veja, ou a ele, depois de hoje. Depois de Augusto morrer, as rotinas se tornaram a única coisa capaz de fazer com que eu pudesse cumprir com o que precisasse, ainda que os dias de chuva me deixassem incerto. Aquele dia foi quando embarquei num balão que ainda não pousou.

— Seu filho... — ela disse — ... já tem nome?

— Bem, na verdade não sabemos ainda se é... eu não sei ainda se é um menino ou uma menina. Se for um menino será Carlos e se for uma menina, Carol.

— Seja como for, lhe desejo o melhor. Minha mãe tinha o costume de plantar uma dúzia de papoilas pelo caminho de casa toda vez que uma criança nascia. Imagine o que tudo se tornou após nove irmãos. Não posso ter filhos, mas plantei a dúzia de papoilas quando conheci Afonso e ele me ajudou. Você tem irmãos?

— Não. Eu tinha, mas ele já morreu faz um tempo. Augusto. Acidente de carro.

— Me desculpe. Já mo dissestes isso. Ando sem dormir e pensar direito. Quiçá um dia me livro das minhocas na cabeça. As minhocas na cabeça de uma velha.

Ela apertou a minha mão bem forte, continuou a fixar o olhar em mim e vi que ela tratava aquilo com muito pesar, como para não dizer algo errado. Assenti e ela soltou a minha mão. Não sabia se eu continuava a falar ou não. Esperei para ver o que aconteceria e ela se recostou no fundo da cadeira. Fiz o mesmo e guardei o saco de castanhas de volta no bolso da camisa. As minhas mãos ainda estavam gigantes. Passamos um tempo em silêncio e tentei aproveitar melhor aquele sentimento.

— Ela chegou. — a mulher disse e apontou.

Um vulto parou em frente à janela aberta da sala de espera e tudo o que consegui ver foram as últimas horas de sol do dia de ontem quando adentrei Sergipe. Saindo de Umbaúba vi um pneu na estrada e pensei em Augusto. O que ele teria dito? *Cuidado. Cuidado.* O silêncio me foi demais até Sergipe e fui obrigado a ligar o rádio. Descobri que recentemente um grupo de indígenas havia bloqueado a BR-101 na altura de Rio Grande do Norte reivindicando uma resposta após o assassinato de uma criança por um grileiro, que robôs turcos encontraram e resgataram um cachorro perdido dentro de uma fenda na montanha, que já atingimos a igualdade numérica entre canhotos e destros no mundo, que há um novo vírus letal circulando por aí, que Eustáquio de Porto Real do Colégio pede desculpas a Soledade de Propriá e que Brasil ainda mantém o véu de insegurança sobre todo o território por tempo indeterminado. Augusto seria uma pessoa bem perturbada se visse os rumos que tomamos. Ele nunca foi uma pessoa impassível e sem paixão. Ele já era bem crescido quando morreu e sabia das coisas que o incomodavam. Porém, por mais que conversássemos, ele nunca me disse realmente como se sentia. E apesar de ter casado com uma mulher eu sempre desconfiei que ele fosse gay, ou, pensando bem, até mesmo bi. Mas Augusto nunca conseguiu falar sobre isso comigo ou com nossos pais. E com razão. Nossa casa nunca foi um lugar para se falar sobre essas coisas. Sinto que Augusto nunca conseguiu ser quem ele realmente era. Lembro que ele às vezes entrava no meu quarto, sem avisar, fazendo um papel que ele havia criado não sei quando. Era um personagem muito introspectivo, com ares de atenção e ligeiramente macambúzio. Quando estava no personagem, ele abria a porta e esperava ela tocar a parede, colocava um pé pra dentro e deslizava para o quarto. Ele fazia essa longa observação panorâmica com os olhos até me encontrar e dizia *austeridade*. E saía. Isso costumava acontecer quando nossos pais estavam discutindo. Ele voltava para o quarto dele ou simplesmente saía de casa por algumas horas. Eu ficava. Da minha janela dava para ver um grande campo de futebol que ficava algumas quadras em direção ao centro. Costumeiramente os jaçanãs vinham encontrar-se perto da grande área no fim da tarde, antes dos treinos. Lembrei disso porque consegui ver alguns jaçanãs voando por trás do vulto que se afigurava na frente da janela da sala de espera aquela manhã.

Algumas pessoas acordaram depressa e outras se aproximaram da porta. As três crianças que estavam no saguão agora se escondiam atrás de duas mulheres. De repente senti minhas mãos pequeninas e a minha visão ficou um pouco turva. A mulher havia levantado. Fiz o mesmo e fiquei ao lado de Afonso. Em pouco tempo uma fila enorme começou a se formar e as falas começaram a encher a sala. Pensei em voltar e tomar um pouco mais de água, mas não queria me afastar da mulher e de Afonso.

— Qual é o seu nome? — perguntei.

— Cesária. — ela disse. — E o seu?

— Flávio.

— Prazer, Flávio. O que acontece agora é bem simples. Como é a sua primeira vez aqui é só você dizer quem veio ver e mostrar algum documento que comprove o seu parentesco com a pessoa.

— Mas eu não tenho parentesco nenhum.

Ela me olhou e não disse nada por um momento.

— Eu tenho certeza de que vai dar tudo certo. Confie em mim.

Nos ajeitamos mais para o fim da fila e esperamos cada um se apresentar para uma jovem que estava na frente da porta. Cesária me tocou o ombro e falou:

— Esta é Alice, a assistente social que está nos ajudando aqui. Eu sei que ela irá lhe ajudar. Você não precisa se preocupar.

Eu não estava preocupado, mas estava. A cada passo que a fila andava e me empurrava para frente pensava em Silvana. Eu devia estar em casa. Parei em frente à janela e pude ver de novo o sol e todo o Sergipe de ontem. Viagens de carro ainda me enervam. Me sentia seguro porque Cesária estava logo atrás de mim, junto com Afonso, que de imediato me apontou à mesa, e Alice. O que realmente me desequilibrou foi não um fantasma, mas uma mecha azul que caía de sua cabeça.

— Oi. — ela disse — Qual o seu nome?

— Oi. Flávio. Eu vim ver... Alagoas.

Algo clicou dentro dela e ela me olhou por alguns segundos antes de levantar da mesa.

— Sim... Flávio. Ela me falou de você.

Alice me conduziu para o lado e pediu que uma outra pessoa a substituísse no que vinha fazendo.

Quando Cesária e Afonso estavam sendo atendidos lancei um adeus. Cesária sorriu e voltei minha atenção para Alice. Agora, mais de perto, pude ver melhor aquela mecha de um azul vivo que caía de sua cabeça. Assim como sua voz. Assim como seus olhos. Me senti quase como se estivesse pelado porque Alice estava como que dentro de mim, olhando para si mesma e eu a observava. Eu pensei nisso porque na noite anterior eu tive um sonho no qual eu me encontrava com alguém desconhecido e nós nos observávamos por muito tempo, um de frente para o outro até que fios, ou tripas, saíam de cada um até se conectar no outro, por toda parte, e virarmos um só e depois nos separarmos e irmos cada um para o seu lado. E eu havia esquecido disso até aquele momento, quando Alice estava de pé na minha frente. Não era só o cansaço que me fazia tremer. Eu estava nervoso por ver Alagoas.

— Você quer sentar um pouco?

— Eu prefiro ficar de pé, se estiver tudo bem. Eu dirigi a noite toda e não aguento mais ficar sentado. Ela está bem? Eu tentei ligar, mas ninguém conseguia me dizer muita coisa. Eu vi na TV, o nome dela e tudo, e não sei se eu devia ter vindo antes, mas eu posso vê-la, certo?

— Ela está bem.

— Isso significa que eu posso levar ela embora?

— Bem, no fundo não cabe a mim responder isso. Você precisa conversar com um plantonista primeiro. Senhor, você já deve estar a par disso, mas o que aconteceu aqui foi algo muito severo. E de todas as pessoas, Alagoas é quem menos se machucou.

A palavra *severo* é algo deveras incomum.

— Então ela está bem.

— Bem, não sei o que você ouviu ou não. Ela *está* pronta para ir embora, fisicamente. O que me preocupa é que ela não disse muito a respeito de si, quem ela é, de onde vem. O que sei é que esse não é o nome dela. E imagino que você também saiba disso. Alagoas parece conversar apenas quando o assunto não é ela. E sim, você. Ela falou sobre como vocês cresceram juntos. E o seu irmão. Ela me contou sobre o seu irmão também. Você está mesmo pronto para levá-la?

— O que você está dizendo? Sim, estou. Foi por isso que vim. Eu dirigi até aqui para isso. Digo, ela pode caminhar, não? Ela pode ir para casa, certo?

— Como eu disse. Você precisa falar com um plantonista. Isso não depende de mim. Eu estou fazendo isso como voluntária. Eu não tenho vínculo algum com o hospital. Contudo, se fosse possível, eu gostaria que ela ficasse mais um tempo conosco. Eu gostaria de escutá-la mais. Ela chegou aqui faz quase três semanas e apesar de que há sim um sinal de melhora, ela está muito distante, como que fechada sobre si mesma. Eu já fiz voluntariado outras vezes em acidentes como esse, e sei que essas coisas demoram. Quero que você saiba que estou aqui para ajudar. Agora, tem mais uma coisa. Imagino que você não saiba disso. Ela perdeu o braço no acidente. O antebraço direito.

O antebraço direito.

Alice continuou falando. A janela continuou aberta. A fila continuou andando. As três crianças já haviam desaparecido dentro da ala. O que Augusto diria? Eu preferiria que ele estivesse aqui e não eu. Ao que serve a angústia, afinal? Eu devia estar com Silvana.

O antebraço direito.

Alice parou e colocou a mão no meu ombro. Eu só queria ir embora.

— Posso ver ela agora?

— Sim. Por aqui. Ela está no leito 28.

De repente estávamos numa sala grande, com muitas janelas, enfermeiros e enfermeiras, camas e biombos. Alice me iniciou num empurro e adentrei num corredor formado por gente. O que me chamou a atenção foram as crianças, que pareciam fora de contexto, de alguma forma. Todas elas estavam olhando para mim. Senti como se elas soubessem o que eu havia feito. Me aproximei da primeira cama e vi um homem sem o rosto. Ele estava sozinho. Por que não colocam ele na última cama? Devo ter dito isso em voz alta porque Alice pediu para eu repetir.

— Não, nada. — eu disse. — É 28, certo?

7, 14, 21, 28.

A primeira coisa que vi, entre dois biombos semiabertos, foram os pés quase para fora da cama. Uma das pernas estava um pouco chamuscada e a outra parecia bem. E então vi o que lhe restava do braço. Quase desisti de continuar porque meus pés não respondiam e fiquei preso num pensamento de infância envolvendo os gatos da vizinhança. Mas lá estava ela. Monótona e moribunda. Bem diferente da minha memória do menino, amigo da rua. O azul do cabelo cacheado caía até os ombros e se perdia nas sombras da sala. Alagoas é uma reinvenção. Um conceito que se define pelo indefinitivo e pelo movimento. Pelo puro não-ser-algo que faz com que todo aquele corpo, mão, coxas, língua e peitos, vire um constante procurar querer saber o que é, e para onde vai e talvez foi por isso que me apaixonei naquele mesmo instante e quis levá-la embora comigo, não para casa e sim para um paraíso longe e que ficássemos entediados e sofrentes por não termos uma finalidade. O cheiro dela ainda lembrava o que eu havia guardado na infância, mas era outro.

Alagoas não manteve a indiferença quando me viu. Assim que me pus na sua frente me senti muito quente por dentro ao receber seu sorriso. Não falei nada e cheguei mais perto. A abracei por um tempo e continuamos em silêncio. Sua mão me apertava forte as costas. Cada respiração me empurrava longe e me trazia de volta. E então ela começou a chorar. Primeiro, um choro devagar e silencioso. Depois, um pranto. Eu só a queria comigo, longe dali.

— Eu estou aqui, não se preocupe. Vou te levar embora. Vou te levar para Salvador e mostrar tudo por lá. Você vai ver. Salvador lhe fará bem. É terra de Antonio Pitanga, afinal. Se a um alagoano é muita coisa, imagine o que faz a dois.

Alagoas olhou para mim.

— É bom escutar sua voz. — ela disse.

— A sua também. Eu tentei ligar, mas nunca consegui falar com ninguém que pudesse me dizer como estavam as coisas. Preferi vir e ver. É muito bom saber que você está viva. É muito bom saber que ainda temos muito o que falar. É bom te ver, Alagoas.

Se Augusto estivesse aqui ele diria *Eu* não acredito como você está linda, Alagoas. Ela realmente estava. A cara não era mais uma cara de menino, quadrada. Ela havia contraído uma suavidade quase impossível, considerando o que ocorreu. Mas ainda assim, eu não deixava de ver o menino que se encontrava nela.

— Alice me contou que eu preciso falar com alguém se quiser lhe tirar daqui. De preferência hoje ainda. Eu vou fazer isso agora, tudo bem? É coisa breve. De pouco minuto.

Alagoas fez um sim com a cabeça. Me voltei para Alice, que estava atrás de mim, e disse:

— E agora?

— Eu posso lhe apresentar ao plantonista. Ele deve estar chegando aqui a qualquer hora. A UTI está com muita demanda nos últimos dias e não conseguimos dar conta de todos os pacientes do acidente. Se você puder esperar um pouco. Qualquer coisa, eu estarei aqui na entrada.

Assenti e Alice foi embora, desaparecendo no corredor entre as pessoas. Voltei para Alagoas e ela me estendeu a mão.

— Eu não acredito como você está linda, Alagoas. Ela sorriu.

— É difícil escutar isso porque você sempre foi honesto. E apesar de ser algo bom, não me sinto bem para receber um elogio. Por que você não diz que eu estou horrível? Eu me sentiria melhor. Por que você veio até aqui? Eu agradeço. De fato, agradeço. Não sei o que farei agora, não tenho aonde ir, não tenho com quem contar e não tenho dinheiro. E... — Alagoas olhou para a janela — Mairá... Flávio, você precisa me tirar daqui. Você precisa. Eu não posso mais ficar aqui. Algumas pessoas já foram

Alagoas Azul 31

embora. Algumas pessoas já reencontraram suas famílias. O que eu vou fazer? Esperar até… o quê?

— Escuta, você não pense sobre isso agora. Como ela disse, eu falo com o médico e você vai embora. É simples. Você pode ficar comigo até… até tudo se resolver. Certo? É longe, mas se sairmos agora ainda chegamos hoje. Eu estou de carro. Alagoas… Por que não nos vimos antes? Por que… Eu sei que… com meu irmão e tudo as coisas se perderam e você, quando tudo aquilo aconteceu, nós não fizemos nada, nenhuma… e…

— Flávio, nós não precisamos falar disso agora. Você pode sentar um pouco? Aqui.

Alagoas apontou para uma cadeira perto da cama e sentei.

— Você veio dirigindo? Até aqui?

— Sim. Eu não sei por quê. Eu precisava sair de casa. Eu não queria pegar um avião. Andei pensando muito sobre Augusto. E nós, em Maceió. Foi muita besteira não falar com você antes. Você tem de vir a Salvador. Você vai gostar, eu sei.

Alagoas tinha dificuldades em ficar inteira na cama porque uma parte de seu corpo sempre caía para fora quando se virava de um lado para o outro e isso me incomodou. Ela sempre foi grande e era a pessoa mais alta que já conheci em toda minha vida. Essa altura permaneceu como que um fardo enorme a Alagoas considerando que é esperado das pessoas grandes que elas tenham uma habilidade maior e melhor em lidar com as controvérsias do viver em comum. Ou assim crescemos para acreditar em nossa escola. Motivo pelo qual Alagoas era o primeiro nome chamado para resolver qualquer briga, qualquer discussão e conflito. Ora, em tempo a ordem natural das coisas a faria dona do recinto e ninguém poderia contradizê-la. Mas não foi bem assim. Alagoas se escondia nos céus e não se perturbava com o chão. Foi mais ou menos nessa época que Alagoas começou a se afastar de todos, menos de mim e Augusto. Com que hábito há de se tornar um ser de solidão? Nunca soube. Nunca consegui achar o momento exato que marca essa passagem e nem mesmo observando o distanciamento de Alagoas consegui me dizer como é. Isso naquele contexto — Maceió 1997. Ainda batiam em nós, os professores. A lei do menino Bernardo talvez não fizesse tanta diferença aqui. Seja como for, Alagoas nunca teve seu momento. Agora eu via como seu ser estava me dando uma metáfora bem na frente de meus olhos. Alagoas é maior do que a vida. Se empurra para um lado e algo não cabe onde está. Fica de fora do espaço. E quando Alagoas se virou para me ver melhor, dobrou os joelhos e pude ver a marca na batata da sua perna, a mesma que eu havia memorizado tantos anos antes. Não pude deixar de sentir aquele mesmo tormento da minha infância

Alagoas Azul 33

porque eu ainda não tinha os meios de dizer a ela como é possível eu querer tê-la. Era uma pequena mancha quase formando uma mão. E aquela mão dizia para eu me sentir como a samambaia. Antes um sentimento de asco me invadisse, mas não. Porque quando Alagoas se virou pude ver melhor o seu rosto, iluminado pela luz que vinha da janela, caindo-lhe sobre uma barba de duas semanas, escondida pelos cachos azuis que desciam até seus seios. Um sonho define? Há de ser uma batata da perna quem diz sim.

— Me disseram que é improvável a minha saída, pelo menos não é tão cedo assim. Eu não gosto disso. Não entendo por que não posso simplesmente ir. Você tem que me ajudar com isso, Flávio. Você disse que veio dirigindo até aqui. Por quê?

— Eu não sei ao certo.

Era inevitável olhar para Alagoas e não olhar o pedaço faltando do seu braço.

— Como é? — perguntei.

Alagoas não se conteve e começou a chorar.

— Desculpe. Não precisamos falar sobre isso. Escute, eu falo com quem eu tiver de falar. Você sairá daqui hoje, prometo. Tudo bem? Como eu disse, vou levar você de volta comigo para Salvador e a gente pensa sobre tudo isso no caminho. Você me fala mais sobre onde esteve esse tempo todo, o que fez, quem você conheceu. E eu digo o que andei fazendo. Que tal? Como na escola. Lembra? Quando nós três voltávamos juntos.

Ela parou de chorar e olhou pela janela. Minhas mãos como que diminuíram e pensei que tudo fosse para a desgraça. Antes fosse. Em algum lugar de Maceió, uma casa afundava. É a sede do minério. A contravenção imoral anti-sustentável. Como foi parar aqui? Alagoas não tem mais casa. Tudo se perdeu por uma ganância estúpida. Isso me incomodou muito. Ela se voltou para mim e pude ver um grande oceano dentro de si, assustado, bronco e frágil.

— Quando a minha tia estava doente pensei que algo de ruim aconteceria com ela e depois quando minha irmã desapareceu pensei que havia algo de errado comigo. Nunca tive um sentimento tão ruim quanto esses. Eu não estou chateada pela minha mão. Eu estava — antes. O que me incomoda é saber que esta memória andará junto e sempre com algo pior. Flávio, eu perdi alguém.

— Eu sei. Eu sei, Alagoas. Eu vi o nome dela na lista.

Alagoas balançou a cabeça e virou para a janela. Errado? Me entumecia todo por aquele corpo. Uma parte de mim sabia que eu devia sofrer junto. Mas outra parte queria se fazer carne com ela. Ôxe, fosse outro momento em desditas horas — não ruins. Não me passou isso pela cabeça quando a vi pela internet. É o agora? Não. Ou é? É o cheiro de tristeza, os cachos, os pés pra fora da cama, os seios, sim, *eles*, a barba. A batata da perna. *A batata da perna.* Que alturas que não me lembrava. Sempre foi alta. Sempre em outro patamar. Distante mesmo. Como que pertence a aqui? Não sei disso. Mas ali ela estava. Ela, Alagoas Azul. Um oceano todo.

— Não sei o que farei, Flávio.

— Você ainda tem o site.

— Sim, mas… como posso trabalhar se não sou mais eu mesma? E… quem quer… quem quer alguém assim?

— Olhe, Alagoas. Eu não sei o que será daqui pra frente. A gente resolve isso depois.

Nos olhamos por alguns minutos, se abrindo para o outro. Em um dado momento, a visão se acostumou e relaxou. Era confortável olhar para ela.

— Alagoas! Eu sei o que a gente pode fazer. A gente podia ir até o mar. A gente pode parar em Maceió. Ver o bairro… talvez não o bairro mas a praia. Eu não vou lá em anos. Quando eu passei perto, na vinda, fiquei com os calafrios todos. E parecia errado entrar sozinho em Maceió também. Já sei. A gente podia ir até a estátua do Graciliano. Você lembra? A gente tem uma foto lá. Não sei de quando é. Eu, você e Augusto. Você lembra disso? A gente era muito pequeno. E depois, não sei. Um açaí sempre me resolve. E você?

Alagoas parecia contente. Ela sorriu:

— Tudo bem. A gente pode ir até Maceió. Talvez seja hora mesmo. Você acha que poderíamos parar na minha tia? Talvez eu deva contar a ela tudo isso. Ela deve estar preocupada porque não falei mais nada.

— Sim, claro. Podemos fazer isso. Vejamos sua tia. Vejamos Graciliano. Vejamos a praia. Por que não? Eu preciso ver aquele médico, precisamos ir. Agora.

Foi num pulo que saí do pequeno quarto improvisado, atravessando o biombo e indo até o corredor. Um corredor de circunstância aquele. Só agora havia percebido. Volto e me quase caio todo ao que uma daquelas três crianças se rebimbola nas minhas pernas e sai correndo atrás das outras sem nem ver aquele objeto de madeira seu, voando e quase atingindo o teto, assim que saiu de suas mãos, eis no tranco este. Pois. Uma casa? Um pião? Um pássaro? As coisas nunca se definem. Não quero eu ser sempre este que não sabe o que as coisas não são. Indefinido não — não hoje. Mas indefinido filho é — o meu. Até então. Eu devia ligar para Silvana e perguntar como está tudo. Será que já nasceu? Eu não quero atrapalhar desnecessariamente. Talvez Carlos não seja um bom nome. Ou talvez seja. É coisa de se acostumar a escutar. Mas então por que será que nunca me acostumei com Flávio? Em que momento foi um bom nome isso? Havia lá alguma época certa para Flávio? Quando no colégio, a gente tinha esse colega — Saulo Baltazar. Nada como Cássio e Ataídes e Valter e Pedro e César e por aí vai. E eles, por onde vão? O perder contato é um novo ritual? Se for, não sei se me importo tanto. Mas queria saber de Atílio. Recentemente sonhei com ele. Estávamos numa rua, parecida com a que morávamos, e ele vinha, mas dessa vez segurando uma pedra brilhante e não um pedaço de carvão. Era eu, Augusto e Silvana. Atílio caminhava devagar. Parecia dias. Enfim chegou, para perto de Silvana e Augusto e segurou a mão de Augusto. Deu a pedra a ele e olhou para Silvana. Me viu e mudou de ideia. Tirou a pedra da mão de Augusto e a deu para mim. Foi embora depois disso, e eu acordei nervoso. Aquilo foi estranho. E eu ainda não sabia o que era aquele brinquedo de madeira das três crianças. Eu podia levar alguma coisa de volta, deixar algum brinquedo em casa, porque os brinquedos estão todos na casa de Silvana, não na minha. Talvez eu devesse ligar.

O brinquedo caiu e se quebrou no chão. Algumas pessoas vieram ver o que tinha acontecido. Cesária estava entre elas. Fiquei contente em revê-la e fui até ela. Dentro do quarto pessoal improvisado estavam Afonso e um homem deitado na cama. O homem tinha o peito e uma parte da barriga enfaixados. Um lado do rosto havia queimado. Afonso não olhava para mim. Antes de eu poder ter dito algo, Cesária me pegou pela mão e disse:

— Imaginei que você vinha vê-la. Ela esteve sozinha todo esse tempo e ninguém veio visitar. Como ela está?

— Ela está melhor, eu acho. Vou ver se acho aquele médico pra podermos ir embora. Pra ser sincero, não aguento mais ficar aqui. E... eu preciso voltar.

— Sim, entendo. Talvez ele esteja chegando.

— E... o seu marido? Como está?

— Não há muito o que fazer. Afonso espera. Eu espero. Todos só esperamos algo. Como dizer? Deixa eu te contar, só uma coisa rápida. Eu sei que você já deve estar indo embora, mas se não se importar, quero lhe contar algo. Em Cabo Verde eu tinha uma amiga. Uma grande amiga, Lídia Linda. Nós crescemos na mesma rua, até um dia ela se mudar. Muito tempo se passou até ter notícias dela. Saibas que me preocupei em nunca vê-la novamente, mas ela estava morando na outra ponta de Boa Vista. Não sei bem como, mas foi pelo menos uns dez anos depois em que a vi de novo. Encontrei-a numa praça debaixo de um iroco, olhando as nuvens. Dez anos. E nesse dia em especial, ela lá sozinha, sem pressa. E sem ninguém no parque também, a não ser ela e eu. Nessa época eu já ajudava na marcenaria e não sei ao certo, acho que foi um dia em que fui pegar ou levar algo para alguém e me vi passando na frente de Lídia. Ela me reconheceu na hora e eu também a reconheci. Mas ela estava bem diferente, como uma pessoa diferente estaria, se não fosse Lídia, Lídia Linda. Ela também era de Cabo Verde e sabia chorar em português como ninguém.

— Ela o quê? Desculpe, continue.

— Sim. Não sei explicar. Enfim. Lá estava eu, num dia de sol, atravessando a pracinha e Lídia me viu. Foi ela quem me viu primeiro. Me chamou e disse para eu chegar mais perto. Ela estava triste, como era de costume. Não sei como os choros nunca a secaram por dentro. Talvez algumas pessoas rejuvenesçam com lágrimas e dor. Pelo menos assim parecia que era o caso de Lídia Linda. E ela estava muito pequena, por causa do iroco que era grande, sentada debaixo daqueles galhos, olhando para seja onde for, até que me viu e não mais desgrudou o olhar de mim, e me fui chegando, pronta para um abraço ou um olá mesmo, qualquer troça que valesse a pena, pois mesmo apesar do tempo, era como se nunca estivéssemos longe, pelo menos assim parecia, para mim. E foi só quando me fui chegando perto do iroco que aquele olhar dela ia crescendo e crescendo e achei que fosse ser engolida por ele. Você já recebeu um abraço com o olhar? Primeiro foi assim e depois abracei ela. Como eu disse. A tristeza era parte dela. Ela tinha uma tonalidade triste.

E em dez anos não havia mudado. *As coisas da terra incomodam. As coisas do nosso oceano também.* Foi isso que ela me disse. E então discorreu sem parar sobre os últimos dez anos, as viagens que ela fez, os passeios e os romances dela, aqui e de outros lugares. Se algum dia tivermos tempo poderia lhe contar mais sobre isso porque acho que gostaria de saber sobre, ela me contou histórias sobre a Bahia. Mas o que mais me marcou foi o que ela me disse sobre as montanhas. Ela ouviu falar que debaixo das montanhas de Cabo Verde há uma aura de doçura que mexe o nosso interior deveras intensamente até a outra vida, mediante nosso contato com tal aura. Eu não sei onde foi que ela ouviu isso. E nunca escutei isso na ilha, a não ser da boca dela. Não quero lhe assustar. Mas não sei explicar porque o olhar dela me lembra o seu. Mas não se preocupe com isso. Não significa nada.

Aquilo tudo me pegou de surpresa e fiquei sem reação por algum tempo, olhando Cesária e Cesária me olhando. Nós no corredor. Ela tinha uma simpatia maior do que antes, se é que isso fosse possível. Afonso parecia interessado na história, mas virou o olhar quando olhei para ele. Ele parecia pequeno, sentado no escuro. O homem na cama gemeu e Cesária se voltou para ajudá-lo. Continuei pelo corredor, procurando alguém que pudesse ajudar e a única pessoa que vi foi uma mulher ao longe, à janela, com um semblante rijo ou imperturbável. Ela me lembrou a minha mãe. Uma seriedade tamanha. Maior do que as coisas, na verdade. Minha mãe vive fora do tempo e nunca se preocupou com o conceito de duração. A passagem das coisas de um estado ao outro parece ser um enigma para a mente acostumada à rigidez e à fixação ordeira do mundo. Não sei até que ponto essa atitude pôde ser passada, ou herdada a Augusto sem que ele percebesse sua inclinação interna aos números, aos conceitos imperturbáveis e acomodados com a instanciação imutável e eterna do Todo. Por um lado, fico pensando que se Augusto soubesse disso, teria feito qualquer outra coisa que não matemática, só por raiva e por discórdia de nossa mãe. Mas por outro lado, penso que a calmaria dos entes eternos é motivo de fruição duradoura e quem sou eu pra dizer que não? Acho que essa é a hora em que eu digo que a minha mãe foi do exército e o exército fez parte das nossas vidas. Ela é aposentada agora. Ela não faz muito a não ser coisas de casa e os móveis. Os benditos móveis. Os móveis também são entes eternos. Eles realmente são. Eles vivem na minha imaginação desde criança. E eles nunca irão embora.

Assim que me aproximei da mulher ela olhou quem vinha. Será que é justo dizer que ela tinha um aspecto bruto? Talvez fosse a luz e eu estivesse enganado. Foi algo no instante em que ela se virou que me fez rever essa cena da minha mãe, como um filme em câmera lenta, no churrasco do meu pai, com tios, parentes distantes e tias insuportáveis, pedindo seus mimos de uma criança sonsa e por quê? E o que ela queria? Ela queria ajeitar meu cabelo. Foi isso. Não pensei e me virei um pouco, digo, a cabeça, àquela mulher, mas fui rápido por causa da vergonha e me desvirei de volta e acho que ela não percebeu, acho. É normal isso? Essas situações parecem me perseguir. E não recebi um olhar de indiferença e sim, um olhar de quase reconhecimento. E por um segundo, acreditei que ela fosse de fato alguém que eu conhecia. Na dúvida, cumprimentei e segui pelo corredor.

Uma sala cheia. Uma sala apertada. Uma sala de tranqueiras. Uma sala em construção. Janela aberta. Janela fechada. Janela aberta. Ladrilhos, colunas, bancos e planilhas. Um verdadeiro labirinto conceitual onde nenhum caminho indica caminho algum. De fato, com o acidente superlotando o hospital as coisas ficaram mais atravancadas. Qualquer chance de contato com alguém vestindo um jaleco era motivo de ansiedade e assim prossegui por alguns minutos — comovido de tensão. Vindo do fundo do peito, como uma erupção sem muita vontade, algo me borbulhava. A efervescência não me deixou ler outra coisa antes a não ser *lanchonete*, na parede ao fundo do corredor — santos. Que corpo são aguenta um entupimento de castanhas? Parado no meio do caminho está um senhor de bigode, com uma calça azul, olhando o mural para os funcionários, cheio de afixos — rosas, moralizantes, inventoriais. Uma médica desvia do senhor e se encontra no meu caminho. Sem pensar, grito. E nesse exato momento sou levado a um estado que não sei explicar direito o que houve.

— Você! Ei. Eu preciso voltar pra casa e... e... você precisa me ajudar, você precisa me ajudar a liberar uma paciente, é uma emergência, eu não posso esperar... você entende? Ela está lá atrás, na sala, ela é vítima do acidente de avião, ela precisa ir pra casa... eu preciso levar ela. Agora. Você precisa me ajudar, por favor!

Ela segurou o meu braço e me olhou nos olhos.

— Não se preocupe. O que houve?

— Me disseram que ela já pode ir embora e... eu... nós, precisamos ir embora. Precisamos. O meu filho está nascendo. Eu preciso ir pra casa.

— O seu filho está nascendo neste hospital?

— O quê? Não. Em Salvador. Eu preciso voltar. Agora. E ela tem de vir comigo. Eu vim para levá-la comigo.

A médica deteve os olhos em mim. Eu suava. Eu estava nervoso como nunca — até envergonhado de ter gritado.

— Desculpe. — respirei.

— Você está bem? — ela disse e colocou a mão no meu ombro.

— Sim. Mas é importante que eu vá embora agora, com ela, e preciso que você me ajude nisso. Você pode liberá-la?

— Qual é o nome dela?

— Alagoas. — apontei para o fundo do corredor.

— Ela estava no acidente, você disse?

— Isso. Ela estava. Mas a… alguém… me disseram que ela já pode ir embora. Se possível, eu gostaria de ir, agora.

Eu exagerei? Eu sinto que exagerei. Por que eu gritei? Ela sabe que eu exagerei, ela está me dizendo isso com os olhos.

— Escute, o que eu puder fazer, farei. Qual é o seu nome? Você é parente dela?

— Obrigado. Mesmo. Desculpe por ter gritado. Eu estou muito nervoso com isso tudo.

— Como você se chama?

— Flávio. E não. Não sou parente. Mas conheço ela há muito tempo. Mesmo.

— Venha comigo.

Entramos de volta ao corredor improvisado e fomos até a cama de Alagoas. A médica a cumprimentou e conferiu os papéis que estavam pendendo do biombo. Depois de parecer preocupada com alguma linha, fez um sinal para que esperássemos e saiu. A acompanhei com o olhar e vi que conversava com a mulher de antes.

— Então? O que será? — Alagoas perguntou.

— Parece positivo. Tenho certeza. Você vai ver. Está ótimo lá fora.

— Eu não lembro de você ter todo esse espírito positivo. O que houve com você?

De alguma forma aquilo me travou por dentro e fiquei sem palavras. O quartinho improvisado era tão apertado que ao sopro de cada fala os panos do biombo mexiam. E eu sentia o hálito de Alagoas. O aperto só se tornou consciente então.

— Eu me sinto nervoso, errado e acabado, sem saber o que dizer a Silvana, sem saber se tenho direito a ser pai. Eu não acredito que algum dia eu consiga lidar comigo mesmo. Eu não acredito que algum dia vou conseguir voltar a olhar meus pais nos olhos. Tenho, no fundo no fundo, medo de que Silvana vá me abandonar, assim que tudo isso passar. Me preocupa o que serei eu, a ele ou ela, no futuro. Agora, você e eu, — aqui — é a única coisa que me leva de volta àquele tempo de Maceió, àquele momento em que tudo parecia certo e sim, há uma alegria por causa disso, pois. A última vez que a vi, meu irmão ainda estava aqui, e talvez seja por isso que a sua presença me agrade tanto.

Alagoas então pareceu mais aberta e havia uma curiosidade em seu rosto. O quartinho improvisado

46 Bruno Coelho

ainda continuava pequeno e apertado. Sentei e esperei pela médica.

— Você sabe, andei pensando um tanto. Tanta coisa errada. Tive flashes de cenas do avião até quando estive desacordada. Aí você acorda, vê que tudo aquilo aconteceu mesmo, e faz o quê? E ainda por cima *isso*. O que eu faço com isso? De que me adianta um braço a menos? Sonhava em azul quando o avião caiu. E depois que Mairá morreu — e eu não — tudo ganhou um tom de miséria. Acordei sem antebraço. Vi Larissa. Uma. Duas vezes. Sonhei de novo com o avião. Quando abria os olhos vi que tudo aquilo ainda se repetia. O chacoalhão. As pernas. O sangue. O fogo. A cama. E Larissa, num vestido que nossa tia comprou. As coisas ainda ficam confusas. Às vezes, eu entrava em um delírio e via Larissa conduzindo aqueles que vinham do corredor, iam na primeira cama e nada. Na segunda. Na minha. E depois para a outra sala. Soluços. Máquinas enguiçando. Camas entrando. Sonhava de novo. Com as nuvens, com Larissa, os trabalhos, com Mairá. E quando ela me vinha à cabeça, eu mergulhava em uma anestesia e esquecia de sentir as coisas. A primeira coisa que eu logo percebia quando ela tirava a roupa era a marca debaixo do seio. Uma mancha pequena. E nas primeiras noites de insônia ela se transformava num quadro vivo, exatamente como as mulheres nuas de... eu já lhe falei de Vlastimil Emil Košvanec?, — ali — na parede ao lado da cama misturada às sombras que vinham da rua. O quadro de um louco. O meu quadro. Mairá andava como alguém que não sabe o que é o tempo. E sempre que ela se contorcia numa dança para fora do quadro o meu estômago respondia com um *hfffff*. Quando Mairá desaparecia no escuro debaixo da minha cama, eu era levada à inquietação de estar diante do abismo e não poder olhá-lo. Ela vinha da parede e descia até debaixo da minha cama. As primeiras noites foram assim.

— O que tem Larissa?

— De fato. O que tem Larissa?

— Você ainda pensa nela?

— Eu ainda vejo ela, às vezes, no canto do olho, caminhando na rua. Até prefiro não ver quem vem na minha direção direto nos olhos para não perder essa sensação.

Segurei a mão de Alagoas e ela pareceu ter gostado. Sentamos em silêncio por um tempo. Escutei passos vindo do corredor e despertei. Era a médica de antes.

— Oi. Flávio, correto? Oi. Eu conversei com o seu plantonista. Ele está ocupado agora e por isso não pode atender vocês nesse exato momento.

— E o que ele disse?

— Bem, não há mais nada que podemos fazer diante do quadro atual, considerando a sua situação.

Que é estável. O que é bom. Contudo, a minha opinião é que sim, você deve permanecer aqui conosco mais uma semana pelo menos. Só para termos certeza. Porém, o meu colega não me aconselhou para tal. No momento, como estamos, a UTI está além da capacidade e a ordem da direção geral é para liberarmos aqueles que se encontram em menor risco. Isso significa você. A única coisa que me preocupa é seu braço. Mas, seja como for, o corte tomado está limpo, as veias estão cauterizadas. Provavelmente o que lhe cortou tenha sido algo muito quente, um pedaço de metal talvez. Não sei se lhe explicaram, mas você teve muita sorte, considerando as outras pessoas. Nenhuma fratura. Nenhum osso quebrado ou deslocado. Eu só tomaria cuidado com esse curativo. Como você se sente?

Alagoas olhou para mim.

— Eu tenho vontade de ir para casa.

— Muito bem. Eu também expliquei para o seu plantonista a situação do seu companheiro e ele me aconselhou a liberá-los. O mais cedo possível. Se você puder vir comigo.

Ela me mostrou o caminho. Passamos pelo senhor de bigodes e entramos em uma sala mais reservada.

— Não deve demorar. Eu só tenho que lhe pedir uma assinatura.

— Sem problemas.

Aquela seria a sala mais branca que já havia estado em toda a minha vida não fosse o crucifixo pendurado na parede. A médica me apontou uma cadeira e ela sentou em outra, atrás de um computador. Meu estômago começou a borbulhar de novo. A fome estava me voltando e eu só conseguia pensar na *lanchonete*, na parede ao fundo do corredor.

— Estou quase terminando aqui. — ela disse. Ela deve ter ouvido.

— Sem problemas.

— É um menino ou uma menina?

— Eu não sei ainda.

— Você quer que eu ligue para o hospital de lá?

— Não, está tudo bem. Não se preocupe. Em breve chego.

— Sabe, ela teve *muita* sorte. Não é comum algo assim. Não com um acidente como esses. Eu vi na ficha dela que ela estava acompanhada. Você a conhecia?, a amiga dela.

— Não, não conhecia. Escuta. Ela vai ficar bem, não vai?

— Bem, não tenho razão para crer que não ficaria. Todos os exames indicam um horizonte positivo. Ela talvez sinta alguma dor no braço, e é por isso que já estou receitando alguma coisa. Isto.

Ela colocou um frasco na mesa.

— Se houver dor, dê a ela a cada seis horas, até parar.

— Certo.

O silêncio seguinte me incomodou. Foi só quando a médica colocou os óculos para escrever algo no computador que vi e entendi o que me era estranho e estava bem na minha cara. Um ombro tinha os cabelos para frente e o outro para trás. Em algum lugar daquela caixa que minha mãe havia feito tinha uma foto de Silvana com Augusto e ela estava exatamente assim.

— Eu não queria que fosse assim.

— Como?

— Sei lá. Pensando alto. Desculpe. É que… a última vez que eu vi, *vi* mesmo ela, tanta coisa estava acontecendo. Ainda estávamos no colégio. E isso é mais de dez anos. O que eu devo falar a ela? O que eu devo contar? O que eu devo perguntar? Há na nossa história um fato, do qual nenhum de nós se sente bem e nunca soube processar. Foi também por isso que nos afastamos há tanto tempo atrás. Eu gosto dela. Eu… sou grato a ela, por tudo. Por tudo o que ela já fez. E… revê-la me traz algo, me lembra de algo, que hoje eu não tenho mais. É enervante e é ao mesmo tempo maravilhoso, porque ela está aqui.

Ela parou de escrever e respirou.

— Talvez eu não seja a melhor pessoa para fazer essa análise, e não sei até que ponto isso não é algo a ser discutido entre vocês, mas, e se você dissesse isso a ela?

No fundo no fundo eu esperava escutar exatamente isso — tanto que sorri.

— Eu só preciso que você me prometa uma coisa. Assim que vocês chegarem em Salvador, você a leve no hospital para trocarem o curativo do braço. Tudo bem?

— Sim, claro. Farei isso.

— E descanso. Ela precisa de descanso. Isso significa nenhum esforço, por ora.

A impressora emitiu algumas folhas.

— Certo. Aqui está. Você precisa preencher esta folha e assinar, e esta, e esta. Este é um termo de responsabilidade. Isto significa que você agora é o responsável por ela. O que isto significa?

— Significa que eu a levarei para o hospital assim que chegar em Salvador. Eu trouxe algumas roupas para ela. Devo pegar, eu acho. E agora? Posso levá-la?

Ela se levantou e estendeu a mão para a saída.

— Eu vou chamar uma cadeira de rodas para você levá-la até a frente e depois disso, sim, podem ir embora. Mas lembre-se de apresentar os papéis para Alice. Você não pode sair sem eles.

A médica me deu os papéis e abriu a porta.

— Obrigado. Por tudo. Mesmo.

No corredor, preenchi a ficha e esperei. O senhor de bigodes ainda olhava o mural. Então. Um mistério resolvido. Um mal a menos. Um relógio de ouro. Uma cabeça calva. Uma rachadura no vidro. Um relógio de parede lento. Um carrinho de folhas e documentos. Uma maleta de remédios. Um sanduíche. Um par de meias que não combinam. Uma mulher no telefone — 35 semanas atrás. Um bar. Um café. Uma ligação. Uma vontade — ela. Uma conversa. Um convite. Um beijo — dúvida. Uma pergunta. Um toque. Um olhar — ela. Silvana começou a chorar quando entramos no apartamento. Sem pensar a abracei, mesmo me sentindo um estranho estando lá. Aos poucos a fui beijando — sem parar — e cada beijo me convidava mais. O pescoço, a orelha, a língua. *Eu quero que você me coma.* Tiramos a roupa e deitamos. Fiquei em cima dela, mas Silvana não gostou. Ela se virou — de costas — e me disse para continuar. Os cachos contra o meu rosto. Gozei dentro dela e não pensei em mais nada. Algo não me fez bem e fui embora.

Eu mal senti as minhas mãos ou a caneta depois de ter assinado e foi então que me preocupei. O raio de sol que entrara no corredor ainda não tinha passado do ouro ao branco e naqueles milhões de desvios de pés desavisados, encruzilhavam-se angústias do passado e do futuro próximo, avolumavam-se misérias. Como uma revelação vi o senhor de bigodes me olhando e me convidando a me olhar. Ao passar dos transeuntes, suas covinhas douradas foram sumindo e se perderam no fundo do corredor e

Alagoas Azul 53

me dei por mim. Liguei para Silvana, mas sua amiga atendeu. Fiquei feliz ao saber que tudo correu bem. Era uma menina — Carol. Carol. Carol. Desligamos e minhas mãos ficaram grandes de novo. Quando a cadeira de rodas estava na minha frente, havia esquecido tudo aquilo e quase disse que não era pra mim.

— Bom dia, chefe. Um domingo calmo, não? Um bom dia pra ir embora. Aqui está. Você por acaso trouxe roupas para ela?

—Sim.

— Que tal você pegá-las? Eu espero. Regras do hospital. O que o hospital dá o hospital pede de volta.

— Certo.

Voltei ao carro e apanhei uma muda de roupas — uma bermuda, uma cueca samba canção, uma camisa e um chinelo. Acompanhei o auxiliar até Alagoas. O segui — indo atrás de seu perfume — porque a visão já começara a me enganar. Ele me deu licença quando chegamos ao biombo. O que entendi que era minha vez de fazer algo. O auxiliar puxou a cortina e a fechou depois que entrei. Segurando um punhado de roupas, de repente meu coração disparou no quarto improvisado. A distância até a cama pareceu aumentar conforme eu me aproximava de Alagoas e as roupas pesaram mais. A pele. A pele me inebriava. A pele me intumescia.

A pele me esclerosava. E os tique-taques do relógio de parede me aproximavam de um novo mundo. O verdadeiro mundo de encanto onde tudo é belo. Com um lance de mão, a camiseta do hospital sai e me é revelado uma tatuagem da bandeira de todas as cores embaixo do ombro. As linhas que descem do pescoço encontram o corpo e se espraiam nos seios — suaves. As roupas novas, na cadeira. Alagoas precisa de ajuda para tirar a cueca. Minha mão atravessa o cheiro de sabão e puxa. O pinto, o pênis, o pau. Ela era só carne e parecia não pesar nada. Devagar, colocamos a minha cueca, a minha bermuda e a minha camisa. Abro a cortina do biombo e o auxiliar entra com a cadeira de rodas.

— Bom dia, chefe. Você está pronto? Só preciso que você me ajude que eu te ajudo. Isso. Segure aqui. Quase. Só a perna agora. E a outra. Pronto.

— Obrigada.

— Vou com vocês até a saída.

Alice esperava ao lado da cama. Mostrei os papéis e ela assinou.

— Agora você precisa mostrar isso lá na recepção para liberarem vocês. Bem, foi um prazer lhe conhecer. E você também.

— Sim, foi um prazer. Vamos? — Alagoas disse.

— Tudo bem eu passar na lanchonete antes e comprar algo?

— Vou querer comer também.

No caminho encontrei Cesária.

— Boa volta a vocês dois.

— Obrigado. Espero que tudo fique bem com vocês.

E nos despedimos.

Comprei dois sanduíches de atum e voltei para o saguão. Entreguei o que precisava ser entregue na recepção e o auxiliar levou Alagoas até a porta. Peguei o carro e o conduzi até a entrada do hospital. Com um pouco de esforço, Alagoas entrou e se sentou. *Cuidem-se*. E estas pareceram ser as últimas palavras de um mundo que não conheço mais, porque quando a porta se fechou, Alagoas e eu adentrávamos em outro território. O barulho do motor e o silêncio de dentro indicaram algo diferente. Alagoas estava comigo — toda ela.

— Maceió?

Alagoas olhou para mim.

— Maceió.

— Tudo bem eu comer antes? Estou com muita fome.

Ela fez que sim com a cabeça e estacionei, ainda dentro do hospital. As ruas pareciam de um domingo calmo.

— Um domingo calmo, não? Quente.

— Se este é o tipo de conversa que teremos até Salvador, vou andando.

Sorri e entreguei o sanduíche de atum, ao que vi um movimento estranho. Alagoas estendeu os dois braços e logo em seguida escondeu aquele.

— Deixe que eu abra pra você.

— Não precisa. Me dá aqui.

Dei o sanduíche a ela.

— Esses dias, por incrível que pareça, eu sonhei com Abílio, você lembra dele?, e ele caminhou até mim e colocou uma pedra na minha mão.

— Eu lembro de Abílio.

Alagoas comia o sanduíche com uma mão. Eu nunca tinha visto uma pessoa sem uma das mãos comendo. Era bem contorcido o movimento que ela fazia. Talvez porque ela ainda estava se acostumando a fazer tudo só com uma mão. Talvez porque ela ainda tinha um pouco de vergonha nisso. O que eu sei é que eu não queria perguntar nada porque pensava que ela não havia se acostumado ao fato para falar sobre. Por isso não falei, não mencionei mais nada sobre o braço.

— Eu não pensava que ao acordar ainda haveria um motivo qualquer pra mim aqui. Faz muito tempo que a solidão e um mal-estar me enevoam a vista. Um sentimento de muito errado. E ao mesmo tempo um sentimento de muita fé num melhor depois. Mairá era o meu melhor depois. Eu não falei nada antes porque eu não sabia como dizer e nem se eu queria mesmo dizer. O avião, o que eu estava, ia para o Canadá e eu ia até lá por um motivo muito... especial. Era a primeira vez onde tudo parecia certo e, ainda por cima, Mairá estava lá. O que você já sabe, você já sabe... — Alagoas largou o sanduíche e continuou — Depois de parar de pensar em Mairá eu pensava em tudo aquilo, todo o passado, e pensava no colégio, em Marcela, na sua mãe, até houve quem eu não achava que ainda lembrava que lembrei quando acordei e tudo me veio com muita vontade. Com o tempo comecei a pensar em todo mundo de lá de dentro. Nem todo mundo tinha feito alguma coisa. Mas nem todo mundo era inocente. E lá dentro tinha essa homem, Bento. E tinha todas as brigas. Os olhos roxos, as coxas em carne viva e as brincadeiras de lá. Os tapas que eu levei. Era tudo uma bola de neve confusa quanto mais eu pensava em tudo. Foi horrível, Flávio. Você nem imagina. E quando eu entendi o que havia *aqui* — ela apontou para o peito — o céu se abriu. E nunca pareceu tão claro. Eu não era um homem. Não sou. E quando aquele avião caiu eu pensei que nunca seria pra valer. Uma parte de mim ainda pensa em acreditar que talvez não era pra ser. Eu não tenho mais dinheiro ou casa. Eu não tenho mais família ou amigos, exceto você. Eu não tenho mais a vontade de seguir com o que eu queria porque... porque...

E então Alagoas começou a soluçar. Em seguida veio o choro. Coloquei o braço no pescoço dela e ela se debruçou sobre mim.

— O Canadá era a última coisa que faltava, Flávio. Era a última coisa. Mairá ia pagar a minha cirurgia. Ela ia pagar por tudo. Era só o que faltava.

— Olhe, que tal a gente fazer uma coisa de cada vez? Passo por passo. A gente sai daqui primeiro. E quando chegarmos em outro lugar, veremos.

Alagoas se ajeitou no banco e parou de chorar. Cada corpo era um corpo.

— Eu só queria que tudo fizesse sentido. O que é aquilo? — ela apontou para fora.

— É um papangu?

— É um papangu, perdido. O papangu mais doce de Pernambuco. É lindo. E esses penachos, nossa.

Ficamos em completo silêncio por algum tempo, enquanto o papangu cruzava a rua à nossa frente. Era isso. Eu e Alagoas. Sem medo. Sem constrangimento. Sem pudor pelo silêncio. A sós. Éramos casas recíprocas. Alagoas conhecia um mar inteiro dentro dela, um mar comprimido há muito tempo — que na verdade era uma poça, uma simples poça, ou ainda, só uma gota, uma gotícula que não se aguentou, não aguentou tamanha condensação e só houve verdade quando ela ameaçou se expandir até virar um lago, do tamanho do estado de Alagoas

Alagoas Azul 59

e a ideia veio ao mundo, mesmo, no momento do transbordamento — agora um oceano. Um oceano pleno, com vida, com vidas, e com sua(s) prole(s). Nem tenho certeza se naquele momento ali ela já sabia tudo isso.

Saindo do hospital, Alagoas olhou para mim como querendo dizer algo, mas não disse. Trocamos nossas próximas palavras à saída de Recife.

— Ele tinha uma irmã Otília. Lembra? — Alagoas perguntou.

— Quem?

— Abílio.

— Irmã? Sim, como. Eu não lembrava disso.

— Ela sempre vestia vermelho. Saia vermelha, camisa vermelha, moletom vermelho.

— Otília e Abílio.

— Otília e Abílio.

— Você sabe para onde eles foram?

— Não. Eu lembro que a avó deles tinha morrido, e, sabe-se lá para onde eles foram depois disso.

— Você ainda fala com alguém de lá?

— Não, ninguém. Quando eu saí de lá de dentro, não me preocupei muito com ninguém e ninguém se preocupou muito comigo. Ninguém vinha me ver exceto seu irmão e minha tia, que vinha saber se eu estava bem, mas até isso começou a ficar difícil pra ela. Ela mal tinha dinheiro pra passagem de ônibus. Minha tia ficava pedindo dinheiro para a minha prima e ela não gostava disso, ela não gostava de mim, acho que não gosta ainda. É bem mútuo. Talvez ela esteja lá hoje, talvez a vejamos, só pra avisar. E você, ainda fala com alguém?

— Também não. Acabei me mudando pra Salvador e deixei tudo pra trás. Conheci outras pessoas. Esqueci das que deixei. Não acho que tinha ou tem algo pra mim lá.

— E sua mãe?

— Eu acho que ela está bem. Eu não falo mais com ela. Depois que Augusto morreu as nossas conversas minguaram e foram desaparecendo até nada. Ela é minha mãe, eu sei. Ela é minha mãe e minha mãe me culpa, é verdade. Ela me culpa por causa de Augusto.

Alagoas pareceu incomodada pelo que eu falei, mas não me disse nada. Entrava eu de volta à 101. Acho que foi o sanduíche de atum que me deu vida. As cores estavam no lugar onde deveriam estar e minhas mãos, gigantes. Talvez foi por isso — agora alimentado — que tive o que tive. Vi como é sempre da segunda vez que as coisas fazem sentido, e nunca da primeira. A estrada estava lá. E eu vi. Os carros estavam lá. E eu os via. As casas da beira apareciam. As placas. Os sinais. Os cavalos. A impressão do asfalto, traduzida como um tremor na direção, chegando à minha mão. O azul do céu, o azul de Alagoas. O peso do saco de castanhas de caju no bolso da minha camisa. É na repetição. É no de novo. Se Augusto estivesse aqui ele diria é a presença. É o olhar do passante, do beirante. É gente de verdade.

— Tenho esse sentimento muito estranho. Eu vim por essa estrada e nem notei tudo isso. Não vi as motos, as cadeiras da beira de estrada, os lampiões, tudo isso, as abelhas, o matagal, o mar, o tempo passando. E essa é a segunda vez, é a segunda vez que pego o carro na estrada. A minha última viagem foi aquela. E hoje é 31 de janeiro. E faz 3?, 4 anos? Você lembra? Mas não só isso, não. Antes. Eu agora tenho a idade dele quando ele morreu. Depois... quando Augusto não estava mais aqui a única coisa que eu consegui fazer foi manter um padrão em tudo. Nas compras. Na roupa. No sono. Na comida. E, sem querer, acabei não prestando atenção no tempo. Ele meio que foi... vagando, sem fazer presença, sem se notar. E um dia, não lembro por quê, parei no meio do escritório e olhei pela janela. Eu não lembrava mais a minha idade. Acho que fiquei algum tempo ali, sozinho. E agora, de volta à estrada é como se ele estivesse aqui ainda ou estivesse no banco de trás. Eu tenho muito forte essa impressão de que ele está ali atrás nos olhando.

— Quero é mesmo saber desse sentimento. Acho que passei por algo de contrário. Gente de uniforme de hospital pra cima e pra baixo, toda hora. É sempre a mesma cena. É só essa cena que

vi. Depois de três semanas nada mais faz sentido. O que é que eu quis? Uma diferença. Só uma diferença. Só uma nova pessoa, com um novo jeito de me olhar e de me escutar, um jeito diferente de se arrumar e de colocar as palavras de uma outra ordem, com outros interesses. Mas, o que me animava mesmo, no início, eram os sonhos. Eram eles o meu diferente. Aí, eu comecei a sonhar só com Mairá e tudo perdeu o sentido outra vez.

Alagoas olhou pela janela e se lembrou de que ainda não havia terminado o seu sanduíche de atum.

— São quatro anos. Quatro anos, Flávio. Eu penso muito nele. E na falta dele. Ele já tinha me falado da Bahia. Foi por isso que você se mudou pra lá?

— Agora que você disse... talvez. Agora que você disse, acho que lembro dele ter comentado sobre a Bahia. Ele falou da Bahia por causa de Otília. Foi por causa dela. É por isso.

— Ele disse mais alguma coisa? — perguntou Alagoas.

— Não, ele não disse.

Calamos.

— O que era? A sua situação?

— Situação?

— É, a médica disse *a sua situação*. Você lembra? Lá na minha cama. Ela disse isso. A sua situação e por isso a gente pôde ir.

— Ah, não foi nada. É do trabalho. Só isso.

— Escuta, Flávio. Eu agradeço você me buscar e me levar para a sua casa. Acho que há muito a ser dito. Sobre eu, você e seu irmão. Mas ao mesmo tempo também estou sem saber o que pensar de tudo isso, é muita coisa em pouco tempo. Tanta destruição. Ainda não acredito que eu estava dormindo. A única cor que ficou gravada em mim foi o azul, um azul escuro forte, até agora. Se eu fechar os olhos eu vejo um tom de azul escuro. Mas aí abro. E está você aqui. Eu e tu, duas no meio de caminhões, carros de passeio, motos e ônibus. No meio das fábricas, paradas, casas de beira de estrada, de um outro mundo que se regula pelo horário dos outros, dos sons do dinheiro. Você já percebeu?, é um tempo que corre diferente. Ele se mescla à rotina e você nem se dá conta. Aqueles que moram na beira veem o que vai, nunca o que fica. Eles veem a vida dos outros passarem diante de si. TVs, carros novos, lâmpadas, pedras para a cozinha, estofo de sofá, poltrona, cadeira, otomanas, vidro para cálices e garrafas, silício, turbinas de avião, papel, sal-gema. Eu vi tudo isso antes. Lá dentro, acabei ficando amiga, amigo na época, de um internado chamado Daniel. Ele roubou uns carros e umas motos. Todo mundo gostava dele. Eu também. A gente trabalhava um do lado do outro. Ele me falava da mãe dele e dos dois pais bastante. Depois que eu saí, procurei

64 Bruno Coelho

por ele. Ele morava pros lados de Clima Bom. Não é bom. O pai biológico dele tinha um ferro-velho e lá ele costumava trabalhar. A mãe dele era casada com um professor da escola do bairro. Ele convivia um pouco com o pai dele e um pouco com a mãe e o padrasto. Daniel me conseguiu um emprego no ferro-velho por um tempo até eu conseguir juntar uma grana. Foi tudo muito novo naquele ferro-velho. Ficava na beira da estrada e tinha muito movimento. Um dia eu vi um cara ser assassinado do outro lado da faixa por dois que vinham numa moto. Eles sumiram. Sempre nos importunando era o Beto Dimas, um tal crápula, filho de verme. Mais a mim do que a Daniel. Eram tudo amigo, eu achava, mas não. Não consegui ficar muito tempo por lá. Beto Dimas era malandro. Mas como eu dizia, essas casas, vi tudo. Só aprendi delas por causa do pai de Daniel, o segundo, o professor. Sempre que eu ia jantar na casa da mãe de Daniel, o professor fazia questão de sentar comigo. Eu tenho certeza que Daniel disse o porquê eu tinha ido preso, certeza. Isso me incomodava, me incomodou, e não me incomoda mais. É meu, tudo meu essa história e não há fuga. Já foi. Agora eu penso que se não fosse de eu falar ao pai segundo de Daniel da vez que eu vi aquele homem ser assassinado na frente do ferro-velho ele não seria tão importante assim. Os dois eu digo, o pai dele e o que morreu.

— Como assim?

— Essa imagem, eu tenho essa imagem ainda. Eu nem escutei eles vindo nem nada. Só ouvi os tiros e o clarão, foi no começo da noite e já estava escuro. Não sei como foi que ele escutou quando eu disse tudo isso, o pai professor. Pra ser sincera, eu estava um pouco bêbada. Eu acho que ele teve pena de mim. E depois fiquei sentida por ter dito. Achei que não deveria ter dito nada. Mas vi que no fim foi bom. Ele se importava. Ele fazia questão de escutar. Ele era professor de português, mas não parecia. Até porque nunca falamos sobre isso. O que ele mais me dizia era sobre o bairro Clima Bom. Você já esteve lá? Eu só conheci depois de Daniel, só por isso. É um bairro de passada, não é um bairro pra ficar. Mas veio e tá aí até hoje. Sabe?, a gente vai adentrar Maceió por Clima Bom. Você vai ver. E foi por causa dele, do pai segundo de Daniel, que eu sei essas coisas da beira de estrada. Ele fazia questão de me provocar, de me provocar com tudo que é pergunta. Sobre pobreza, sobre dinheiro, tempo, atraso, atraso geográfico, sobre periferia, a gentrificação, a vulnerabilidade social, a miséria, a economia, a economia sustentável, compromisso social, lei e direito, sobre a polícia, sobre a fome, sobre a violência, sobre a política e a desonestidade, o honesto, a cumplicidade, o descaso, o abandono, e tantas coisas, Flávio. Foi ele quem me falou sobre o movimento LGBT. Eu nunca ouvira nada antes. E foi ali que comecei a entender tudo. Tudo começou a fazer sentido pra mim. É na verdade uma consciência ambígua: tudo faz sentido porque nada faz sentido. Entender que nada faz sentido é o que dá sentido às coisas. Ele gostava de usar a palavra *contradição*. Eu concordo. Mas acho que é mais ainda. Eu acho que é cósmico. Em algum lugar, dentro de todo mundo há uma balança que pende ora pro desastre e ora pro equilíbrio, como o universo, e às vezes nem nos damos conta. Não. Não é assim. É entrópico. É tudo entrópico. Tudo tende à desordem no universo. Não sei nada sobre determinismos. Nunca entendi. Seu irmão é quem tentou me explicar várias vezes.

Aquilo tudo era muita coisa. Não falei nada porque esperava todas as palavras se acomodarem dentro de mim. Me senti como um copo d'água sendo mexido e agora esperava o movimento acalmar.

— Eu preciso perguntar. O que seu irmão lhe falou sobre a Bahia? — Alagoas perguntou.

— Não muito. Ele falava sobre a praia, sobre se mudar para lá, viajar, conhecer o interior. Trabalho? Por quê? O quê? Que cara é essa?

— Eu não sei porque ele não falou isso pra você. Ele falava muito sobre a Bahia?

— Sim, ele falava. Por quê?

Alagoas suspirou e meus nervos se aqueceram. O sono me tinha ido embora, mas minhas mãos ficaram pequenas segurando a direção.

— Bom, tem um motivo pra ele ter falado tanto sobre a Bahia. E eu não sei como ele não contou.

— Contou o quê?

— Para. Para o carro. Para o carro, Flávio.

— Ok, ok. Estou parando.

Estávamos em cima de um viaduto a alguns quilômetros da saída de Recife. Ela parecia triste. Preocupada.

— O que foi?

— Eu não tenho a menor ideia do porquê ele quis esconder isso ou sei lá o quê que isso era, e talvez ele nem mesmo soubesse, e eu não sei como a sua mãe ia aceitar isso, mas ele me contou. Ele contou pra mim. Que ele tem um filho.

— Ele tem um filho? Como?, quando?, isso não faz sentido. Por que ele... isso... não. Ele teria me dito. Ele *teria* me dito. Espera, você sabia disso? Há quanto tempo? Há quanto tempo você sabia que Augusto tinha um filho?

— Desde que ele nasceu.

— Desde que ele nasceu? E quando foi isso?

— Oh, Flávio, eu sinto muito que isso venha assim, dessa forma. Eu tenho certeza que Augusto não contou por algum motivo. Deve haver um motivo.

— Eu não consigo acreditar nisso! Como você nunca me disse?

— Não é uma escolha fácil, Flávio. Seu irmão pediu pra eu não dizer nada. Ele pediu.

— E quantos anos ele tem? Você ao menos o conhece?

— Sim, eu conheço ele. Augusto me trouxe ele uma vez quando fui fazer um job em Salvador e acabei ficando uns dias a mais pra ver como ele estava, como eles estavam. Ele devia ter uns 10 na época e isso foi há 4 anos, então ele tem 14. É, deve ser isso. 14.

— Eu tenho um sobrinho de 14 anos que nunca conheci?

De repente o carro ficou apertado e saí. A visão de cima do viaduto me lembrou Augusto. Eu ainda tinha medo de dirigir, mas cada pneu passante tinha serenidade aquela manhã. Uma roda é uma roda — *uma revolução inteira*, diria Augusto. Alagoas saiu do carro e veio até o corrimão do viaduto pisando em ovos. Já já isso passa, ou não?, mas por que hoje? O que me fez perder um pouco a compostura foram os dedos dela saindo pra fora de um chinelo tão pequeno como o meu.

— E quem é ela? Você a conhece?

— Sim. E você também. É Otília. *Aquela* Otília. Ainda estávamos na escola, todos nós. Você lembra, a avó dela morreu e um tempo depois Otília e Abílio foram embora?, foi isso mesmo. Augusto me disse que um dia voltando pra casa encontrou Otília na rua e foram caminhando juntos e nesse mesmo dia haviam discutido alguma coisa sobre matemática ou sei lá, e ficaram amigos e eles se viam sempre, depois da aula. Ele me disse que ele ajudava ela nas lições de matemática. Seja como for, ele não soube então. Nem acho que ela soube a tempo. Uma vez que a avó deles morreu, foram morar com tios no interior da Bahia. Alagoinhas eu acho. E tudo isso aconteceu nesse período. Ela engravidou e foi embora. Eles perderam o contato na época, mas retomaram anos depois pela internet. Essa é a história.

— Eu não vejo motivos do porquê ele não me contaria isso. A gente morava na mesma cidade, perto um do outro. Por que eu tive que ficar de fora? Eu sempre vi ele se defender, e me defender. Teve aquela vez na escola com Marcela, lembra? Todo mundo implicando com ela porque ela não se depilava e você entrou no meio e meu irmão te defendeu quando aqueles caras começaram a te arrastar pelo pátio. Você conhece meu irmão. Talvez melhor do que eu até. A minha mãe está certa sim. Fui eu que matei ele. Eu nunca pegava o carro e nunca pegava em dia de chuva, nunca. Aquele dia era só um dia. Se eu não matasse ele então, era num outro dia. Ele já contou alguma vez de quando éramos pequenos e eu fui brincar com a pistola que ficava lá em casa? Ela simplesmente disparou e atingiu a parede. Eu errei a cabeça de Augusto por três centímetros. Eu não sei ser um irmão. A sua ex-mulher, viúva, tem um filho meu. Eu engravidei a viúva do meu irmão. Eu virei pai. Ela está dando à luz agora e eu não estou lá.

Alagoas não disse nada. O vento fazia questão de me lembrar o cheiro dela a mim. Por fim, o azul esvoaçara. Mesmo curvada ela era mais alta que eu — muitos dias em cima de uma cama. Ela colocou a mão no meu ombro e me senti um pouco melhor. O que eu não sei se ela estava esperando foi um beijo. Mas dei, rápido assim. Alagoas pareceu surpresa. Os beijos na estrada são diferentes. Um inominável sentimento me fez pensar se Augusto já não tinha feito o mesmo. Alagoas é quem sabe. Sabe?

— Não sei o que foi isso. Me desculpa. É que te ver me fez pensar muitas coisas. E fico confuso com muito. Fico confuso com o que Augusto pensaria e ninguém entenderia isso. Eu não contei isso pra mais ninguém porque não consegui. Fiquei todo esse tempo enrolando você, e sei que não é certo.

— Não pense no certo e no errado. Eu sinto que é você quem devia estar dizendo isso, mas acho que não importa mais. Augusto descobriu que Otília tinha uma casa de plantas nos fundos de sua casa. Ele dava aulas de matemática para ela. Otília ensinou muitas coisas sobre as flores para Augusto. Ela plantou uma flor no quintal para ele, depois que eles transaram na casa de plantas uma tarde, seu irmão me disse. Você quer ficar aqui mais um pouco?

— Não está ruim aqui. Isso é muito diferente pra mim. Não estou acostumado com tanta mudança. Eu entro no mesmo horário, eu saio no mesmo horário, eu como a mesma coisa no almoço, na mesma hora, vou ao banheiro sempre na mesma hora, converso com Xerxes no intervalo do café, na mesma hora, pego a rua com as mesmas pessoas, escuto sempre as mesmas músicas porque é o tempo exato até chegar em casa, exato até o segundo, eu uso as mesmas roupas faz cinco anos, eu tomo o mesmo café há mais tempo do que isso, eu tenho esse mesmo relógio de quando ganhei do meu pai, eu só troco os tênis porque estragam, e nunca em nenhum momento desses anos fui até uma estrada pra ficar parado e ver, só ver como é o movimento, ver como é a mudança, a passagem, e no fundo eu penso que minha mãe sempre me desencorajou a isso, não sei, parece um afã pela precisão métrica do tempo e espaço que eu nunca terei controle ou vontade ou desejo para dominar. Agora que você falou, sim, quero ficar só mais um pouquinho aqui.

E assim ficamos. Ficamos até meu peito estufar e eu lembrar que estava ali. Voltamos para o carro e seguimos para Maceió. Entrar mais uma vez no carro me mostrou como o cansaço afetava tudo.

Também era o calor. Mas ao mesmo tempo, uma pessoa além de mim mesmo era o suficiente para me manter alerta. Cheiros costumam criar coisas desconcertantes.

— Você se lembra da senhora Benigna?, Benigna das Vassouras.

— *Quem não limpa a casa não tem mãe.* — Alagoas disse.

— Quem não limpa a casa não tem mãe. Eu tenho certeza que ela ainda está viva. Ela deveria ter mais de cem anos quando a gente morava lá. O que será que ela faz agora?

— Eu imagino que ela está sentada na mesma cadeira de sempre.

— Ela cheirava a gasolina, de morar atrás do posto.

— Você acredita que uma vez ela me deu uma vassoura? — Alagoas perguntou.

— Eu não sabia que ela *dava* vassouras. Eu nunca vi ela *dando* algo a ninguém antes. O que você fez?

— Nada, mesmo. E sim, é verdade, ela nunca deu nada a ninguém. Eu acho que ela ficou com pena de mim.

— Pelo quê? — perguntei.

— Pela minha estupidez, burrice, por pensar que houvera um momento e lugar onde eu fosse aceita, sem escárnio, sem grosserias, um lugar onde eu fosse acolhida. E esse lugar foi numa festa, nos meus 16, eu acho. Com Jailson. Eu conhecia ele. Ele trabalhava no posto. *Esse* posto, o que fica, ficava, atrás da casa da senhora Benigna. Foi só uma festa. Não foi nada, nada demais. A gente só ficou. Ele era bem mais velho e não sei o que foi, se foi uma experiência, um desafio, um tesão reprimido. Ele estava lá, eu também, uns beijos e uma punheta, só. Só isso. Ele não me comeu e eu não comi ele. Não foi muito, mas foi bom. Ele gostou, eu sei. Mas ele tinha uma namorada ou esposa ou sei lá, e eu tinha 16 anos. Ele ficou branco quando eu passei no posto, uns dias depois, e não sabia quem eu era, e ia chamar a polícia, e ia falar com o patrão, e eu não era nada. Não era nada. A senhora Benigna viu isso. E ela viu as outras vezes que eu passava na frente do posto. Eu tinha que passar lá, pra chegar em casa. Comecei a evitar passar na frente do posto quando ele e os colegas ligavam o lava-jato, apontando na minha direção e jogavam água em mim. Eu entendi o recado. Quando eu vi a senhora Benigna, ela também entendeu, e por pena me deu uma vassoura. Ela disse que era pra eu me proteger e me cuidar. Você não faz ideia do medo que eu tive quando li a notícia de um tempo atrás daqueles dois frentistas que mataram um menino, um colega de trabalho. Enfiaram uma mangueira de pressão nele, por ser gay. Ele morreu. Poderia ter sido eu. E os caras que fizeram isso não sofreram nada. Absolutamente nada.

Nada. Enfim, não vi mais ele depois que o posto fechou, mas a senhora Benigna sempre me olhava com jeito de mãe. Inclusive, sempre me senti uma filha perto dela. Meu Deus.

— O que foi?

— Erê. Você precisa me ajudar a encontrá-la. Erê é filha de Mairá. Eu nunca a conheci, mas vi fotos suas. Pensei que talvez ela pudesse um dia passar pelo hospital, e se passou não vi. Mairá não disse a ninguém que estava acompanhada. Ela não queria, eu sei. Ela nunca foi uma mommy antes. Era a primeira vez dela e isso ainda era um assunto nervoso. Antes do avião sair a gente falava sobre ser uma sugar mommy. Eu estava muito nervosa, sempre fico quando ando de avião, e pedi pra Mairá falar comigo qualquer coisa. Ela me contou também sobre Erê, e ela nunca tinha falado antes. Eu sabia que ela tinha uma filha porque uma vez vi uma foto de uma mulher mais nova na casa dela, só que preferi não perguntar. Ainda no avião eu comecei a ter uma sensação de claustrofobia e pânico, com os corredores fechando em cima de mim, as janelas se comprimindo e todo mundo sugando o ar. Eu olhava pra Mairá e ficava um pouco melhor. No meio disso tudo comecei a lembrar, por alguma razão, de uns exercícios que fiz no primeiro ou no segundo semestre. Um estudo sobre o céu. Pinturas basicamente. Miguel Cândido, o professor de desenho, me encarregou de monitorar uma turma mais velha por uma semana. Eu mal sabia os nomes das cores. Por algum motivo fiquei fixada no azul, nos azuis. Eu não queria mesmo trabalhar com desenho e no fim consegui convencer ele pra me deixar trabalhar com pintura. Ele era muito doce. Não havia resposta errada, hora certa ou lugar apropriado com ele. Era sempre no momento, no fluxo, que as coisas aconteciam, como um jogo de pingue-pongue, palavras dele. Foi ele quem me mostrou que tudo na arte é conversa. Uma grande conversa. Um grande vai e vem. Num momento a bola está aqui e depois viaja e volta e volta pra lá de novo e vem e quando vê a gente já não sabe mais a quantas anda, só que anda. Esse era Miguel Cândido. Ele disse pra eu ir pintar o céu. Mas quando eu fiz isso me dei por mim e relembrei um antigo trauma. Aquele de que o céu é um grande abismo só que visto do lado errado. E todas às vezes em que eu olhava pra cima eu sentia um grande tremor dentro de mim e não conseguia pintar por nada. Demorou mais de uma semana pra eu me acostumar a segurar o pincel sem tremer e conseguir escolher a paleta. É engraçado porque eu disse tudo isso pra ele na época, e ele entendeu. E naquele dia, no avião, do lado de Mairá eu lembrei tudo isso de novo, muito rápido só que sem medo. Era uma recordação que batia, e só por isso eu lembrava dela, com distanciamento. E daí eu me dei conta de que agora é a recordação que é o abismo e não mais o céu. Por isso eu não tenho mais medo de olhar pra cima. Por causa de Miguel Cândido...

— A coisa mais fácil do mundo hoje é encontrar alguém. Não se preocupe com isso. Você quer mesmo falar com ela?

— Você acha que eu não devo?

— Eu não tenho uma resposta para isso. Mas se quiser, ajudo você.

A gravidade toda tinha a intenção única de me fazer dormir no volante mais uma vez e me fazer soçobrar, eu, agora com a idade dele, rasgando o mapa do Brasil em companhia de Alagoas, rumo ao nosso ponto de partida — terra do meu coração, Alagoas. Idas e vindas, junto de mim mesmo, na várzea, no corre, no cerro de dentro, no cerro de fora, com pai, sem pai, com mãe, sem mãe, irmão, Silvana — julgando, sempre. É que de juízo em juízo se chega nunca — a lugar nenhum. Achara eu. Achara Augusto também? E este filho no meio da história?, diacho do meu irmão não ter contado, diacho. O que fez ele achar que isso era tão repugnante que nem merecia ser contado?, se é que é repugnante, a mim. Brinquedo: coração. Coração: brinquedo. Coisa ordinária. Existem pelo menos duas mentes alagoanas febris. E o cuidado? E o compromisso? E que pé de igualdade tenho eu pra pedir também? Mas é irresponsável, é sim. Coisa tola, desconcertante.

Alagoas Azul 77

— Últimos momentos para uma conversa pernambucana. — falei.

— O que é aquilo? Ali adiante. Olha, parece um acidente.

— É, parece. Todo mundo está diminuindo. Eu não me aguento essa morbidez. Não tem por que ir devagar. O que há de tão importante pra ver?

Frases que me escapam — sentimentos de culpa. Eis que Alagoas se esfacelara no banco e eu no meu mundo. Ela olhava fixo para o que restou do carro e não pude deixar de pensar em Augusto. Fiquei com receio de que talvez o que eu disse pudesse sugerir um pensamento sobre o acidente, e eu não queria isso. Grande boca a minha, presa a mim sem aviso prévio ou manual de instrução. Era o sol que deixava tudo mais notório: as sombras, o vento na grama, os cacos de vidro e os últimos pescadores do amanhecer. Uma roda envolta de hombridade, cheia de mistérios. Plena de si mesma. Carecas, cabeludos, barrigudos, limpos, sujos e gozadores. Por um instante o foco se voltou não para o morto e sim para Alagoas. Me senti pior.

— A gente já vai passar.

— É.

Alagoas mergulhou em si mesma e puxou algo de dentro.

— Eu já te falei de Yves Klein?

— Esse não é o homem do azul?

— Ele mesmo. Quando eu descobri Yves Klein um outro mundo se abriu pra mim. Foi um verdadeiro levantamento de peso dos meus ombros porque por alguma razão eu me reconheci naquele azul todo e foi como se pela primeira vez eu estivesse em contato com o meu mundo real, o certo. Nunca eu senti isso antes. E foi muito ao acaso, ao quase-que-não-era-pra-ser. Pra ser sincera, foi o nome que não me chamou a atenção, um nome europeu e eu realmente não queria saber, veja você. Aquele mesmo professor, Miguel Cândido, sempre trazia uma pilha de livros todos os dias e fazia questão de todo dia colocar o livro do tal Yves Klein no meio da pilha, e o safado virava o livro na minha direção, deixando o nome do tal bem na minha cara. Um truque barato que funcionou porque depois da terceira vez que ele acidentalmente deixou o livro cair na minha frente eu vi que ele sabia melhor. Eu carreguei esse livro comigo a faculdade inteira, pra cima e pra baixo. Num aspecto positivo memorizei todas as pinturas dele. Num mundo perfeito meu cabelo tem a cor do azul Klein. Muitos dias passei em cima da minha cama olhando aquele azul, tentando entendê-lo. Depois me dei conta de que o azul me conforta imensamente. O azul é o meu bem-estar, o meu porto seguro. Tudo parece real quando em azul. Foi isso o que aprendi. Mas ainda faltava alguma coisa. Eu havia visto ele pintando mulheres de azul. Quadros de azul. Texturas, tintas, tapetes. Um universo inteiro com signos encantadores e constelações artificiais. Yves Klein nasceu azul. E como muita coisa antes, um caso de sorte aconteceu. Você lembra de Daniel?, que eu conheci lá dentro. Pois, o pai segundo de Daniel, o professor, certo dia me comentava sobre nosso mestre, velho Graça, e me deu um livro seu, *Angústia*. Eu não o li na época, mas guardei comigo até alguns anos depois quando entrei na faculdade e você sabe o quê? Numa tarde tomei coragem e comecei a ler. Bicho brabo. E lá pela metade tinha um papel dobrado. O professor tinha colocado no meio do livro um flyer de uma exposição dum artista baiano. Era um cara bem novo. Eu não conhecia. Seu nome é Brendon Reis de Jesus, ou, Brednatella. Foi ele. Foi ele quem me mostrou o que eu sentia. Eu virei Alagoas por causa dele. O azul me disse que eu era uma mulher. E eu acreditei. Depois soube que era verdade. Depois soube que sempre fora verdade. Eu nunca soube onde procurar, com quem falar. Até com o pai segundo de Daniel, que havia me mostrado um novo horizonte, eu ainda me sentia insegura.

— E como você se sente hoje?

— Menor, de alguma forma. Pequena. Definitivamente incompleta. E isso não é uma coisa ruim. A pequenez me intensifica, me concentra e me adensa. Me dá volume e força. É como se a pressão do mundo externo nos aglutinasse em uma massa cada vez mais coesa. É um sentimento humano. Bem humano.

Deixamos a tragédia para trás. Alagoas entrava em casa com uma grande mágoa, eu sentia. Volta e meia ela olhava para onde era a sua mão e aquele olhar me fez sentir culpado por pensar nela como eu havia pensado quando cheguei ao hospital. Eu não queria que ela se sentisse menos.

— Você enxerga Alagoas como uma casa? Eu vejo assim. Porém, já me é uma casa habitada por outras pessoas e toda e qualquer relação que eu possa ter é uma de passagem, nunca de afinco. Como um voyeur olhando as vidas daquelas pessoas da janela sem nunca saberem que alguém as observa. Eu até tenho curiosidade pra saber quem são, mas não pra me aproximar. Acho que deixei tudo pro ar quando Augusto foi embora. De alguma forma tudo parecia sem sentido sem ele. Eu tenho, no entanto, uma grande mixórdia de memórias e uma grande caixa de fotografias. É tudo de outro tempo, de uma outra vida, parece. Tem você também.

— É uma casa sim, um refúgio. É um coração inteiro. A beleza da beleza. A verdade da verdade. Um entre os 27 que se configura como um outro jeito de ser, o mais azul de todos. Em São Paulo, na faculdade, volta e meia eu tinha pesadelos envolvendo pessoas me cuidando, me observando, querendo saber onde eu colocaria o próximo pé. Eu me sentia muito vigiada, mais do que aqui inclusive, e em nenhum momento eu tinha tanta calma como quando eu lembrava daqui. As nuvens aqui se mexem mais devagar. E no hospital, pra não enlouquecer, eu cuidava delas do mesmo modo como elas cuidaram de mim. Mas as nuvens de Recife são rápidas. Elas vinham pela borda da janela, diziam coisas, se conformavam com o curto espaço e sempre faziam questão de jogar um paradoxo antes de irem embora. Como é possível que eu esteja viva? Como é possível que Mairá tenha morrido, e eu não? É aceitável estar viva? E este braço? O que faço com este braço? Isso é um reinício? Uma nova chance? Um recomeço?

— Você acha que algum dia é possível estarmos melhor preparados para o sofrimento? — perguntei.

— Talvez num mundo onde não haja miséria isso seja uma possibilidade. Miséria de espírito, eu digo. Há várias misérias, mas a de dentro é a mais imperiosa. O que essa miséria quer dizer para nós? Que o mundo é um lugar frio. Que o mundo não quer que você cresça e seja feliz. Que o mundo não reconhece a felicidade como um fim. Que o mundo não está preparado para aceitar tudo aquilo que não se conforma, que então é dito torpe. Um vilão. E por ser mau deve ser eliminado. Essa miséria é uma miséria da pedra. Da pedra porque é como se tudo estivesse petrificado e sem aberturas ou possibilidade de manipulação, de plasticidade. É uma conversa que não é conversa. Uma troca que não é troca. No material, tudo parece simples. Nem parece que a mesma espécie que foi à Lua também desenvolveu a bomba atômica. O ser humano organizou e arranjou os elementos na ordem certa depois de muita teoria e com a experimentação deduziu o acontecimento subsequente de cada partícula, cada átomo e soube que o que viria era letal, destrutivo. Não sabiam nem mesmo se a atmosfera iria pegar fogo ou não. E ainda assim, a testaram. Mais tarde, fizeram a deliberada escolha por conscientemente destruírem milhares de vidas num único sopro. Assim como muitos outros seres humanos fizeram o mesmo caminho que nós agora fazemos, fugindo das fazendas de Pernambuco e se instalando no sul. Com medo. Fugindo do sofrimento. Fugindo da miséria. Eu vi misérias lá dentro. À noite, era bem comum nos acordarem. Toda vez que um reclamava, ele era colocado de castigo primeiro. Eles abusavam dele primeiro. E depois, de nós. Eu entrei junto com outro menino, César, mais novo do que eu e medroso de tudo. E foi só por isso que não sofri mais, eu acho. Ele também tinha matado um cara, só que sem querer. Ele era muito bonito. Vieram primeiro por ele. Nos colocaram juntos e depois da primeira vez ele nunca mais me olhou no olho.

Eu entendi e nunca falei sobre aquilo com ele. Por ser um dos mais velhos, algo me protegeu, penso. Engraçado que no meu momento mais vulnerável, tudo o que queriam falar era da tal humanidade. Humanidade pra cá, humanidade pra lá. *A reforma se dá na humanidade*. É a humanidade que vai lhe mudar, pra melhor. Eu não sei se os educadores de lá eram cegos ou incapazes. Generalizando, é claro. Até porque a própria hierarquia interna daquele lugar propicia a manutenção dos pensamentos de inferioridade, de se sentir menos e não há nada que possa ser dito para fazer este sentimento ir embora. Ele simplesmente não vai. A fala não resolve. E o que eu mais demorei para entender é que a tal humanidade só pode ser uma coisa da fala. Também da ação, mas mais importante, da fala. E sim, elas são quase a mesma coisa, a ponto de se confundirem. Tem a ver com o pronunciar o seu nome, com quais pronomes são usados, com que vocabulário é usado, com o gênero, com as armadilhas do português. Eu sei que todos falavam sobre humanismo. Todos queriam ser humanistas, mas ninguém queria abraçar o humano. A instituição não permite. O toque, aquela peça fundamental de humanidade, não é permitido. É censurado, vetado, visto como impureza, caos, o início do fim, o próprio diabo na terra. Mas ao mesmo tempo, foi na fala que eu encontrei um abraço. Não nas palavras da casa, mas sim nas do livro. Dos livros. Há uma alma caridosa em algum lugar do Brasil que pensou em todos os mistérios dos miseráveis e doou um livro à biblioteca de lá que me fez repensar todas essas questões. O livro era *Ponciá Vicêncio*. Eu não lia na escola, literatura. Nunca me chamou a atenção porque eu não via sentido. Mas cada linha daquele livro se acendeu como uma fogueira, e cada ideia ressoou dentro de mim em mil harmonias. Foi uma ausência de miséria sem igual. Tenho uma cópia que eu sempre carrego comigo, e carrego desde que saí. Estava no avião... Anos mais tarde, depois de ler *O Paraíso São Os Outros* fiquei convencida de que a humanidade é expressa melhor no português.

— Você nunca me contou como era lá.

— Acho que não tem hora certa pra causar desgosto. Eu só prefiro não.

— Você também nunca me contou como foi a sua mudança. — eu disse.

— A mudança. Em que momento alguém se conscientiza de que é um homem ou uma mulher? Você lembra de quando se deu conta de que era um *homem*? Muito desse conceito... melhor, todo esse conceito gira em torno de uma série de gatilhos armados pelas práticas diárias de sujeição de corpos a certas regras e códigos de conduta. Códigos esses diariamente marcados, inscritos na nossa própria carne. E com o passar do tempo qualquer coisa se naturaliza, se dito e mantido com regularidade. Qualquer coisa vira banal com a repetição. Assassinato, latrocínio, ecocídio. Está tudo aí, e ao mesmo tempo é tão normal e tão lugar-comum. São práticas como essa que nos dizem o nosso lugar. Que nos dizem que devemos obedecer à palavra que veio antes, à ordem que veio antes. Que devemos usar certa cor de roupa e não outra. Que devemos beijar só o sexo oposto. Segurar as mãos só do sexo oposto. Transar só com o sexo oposto. Eu li *Sapiens*. E nele há uma ideia que fez toda a diferença pra mim. O natural é o possível. O impossível é o não-natural. Esse mesmo serzinho petulante, o humano, acha que a verdade se expressa na força bruta da palavra que se repete. Que a ordem se faz ser pelo mesmo, sempre pela imitação e nunca pelo diferente. Acho que foi por isso que me senti atraída a buscar aquilo que não era eu. Ou, a imagem que me foi legada. Na época eu não sabia de nada disso. Era só um sentimento, um fiapo de integridade que ainda se mantinha coeso aqui dentro, como? Não sei. Mas lá estava. Eu, você e seu irmão tivemos o privilégio de sermos discentes de um grande aparato do Estado que é a escola militar. E dela herdamos lindamente o conceito de obediência. Muito bem incrustado na pele. Talvez seja por isso que eu criei tanto asco com os sentimentos que essa pele me causou por muito tempo. No início eu queria a cirurgia pra me distanciar dessa pessoa. Talvez até mais do que eu quisesse uma transformação. Mas esse sentimento mudou. Eu não era quem eu era. Eu era errada. Eu lembro de cada vez que um pronome soava errado. Um pronome. Você tem ideia do quão sentimental é um pronome? Cabreiro. E não foram poucas as vezes em que um olhar me fez pensar se eu tinha dignidade pra existir naquele ambiente. Aquela festa ainda me amedronta. Por muito tempo sonhei com a mudança. Mas ela só pareceu mais concreta, possível e verdadeira depois que eu saí, depois que conheci Gabino. Isso foi bem depois de eu ter voltado pra casa. Foi em São Paulo, quando eu já estava na faculdade. Eu já tinha deixado o ferro-velho pra trás e toda aquela ladainha, Daniel incluso. Foi no ferro-velho que eu descobri um outro lado da vida. Eu mencionei que Daniel tinha me dado um emprego no ferro-velho, que era do pai dele, do pai primeiro, o de sangue. E por um tempo deu pra juntar alguma coisa prum futuro, mesmo que pouco. Eu também já falei do Beto Dimas, que também trabalhava lá. Pois foi esse o crápula, filho de verme. Sempre passando a mão. Eu é que não me ligava nos arredios daquele imprestável filho duma figa. A gente combinou uns lances. Uns dias eu ia na casa dele, e ele pedia pra eu tirar a roupa. Às vezes ele pagava. Às vezes não. Às vezes ele só queria ver. Às vezes não. Eu era guri. Bicho do mato. Espevitado e sem noção do oriente. O Beto Dimas vinha com uns papos de que andava sem dinheiro, que um dia ia me pagar, que um dia ia me dar um carro! Ele também não tinha família e foi por isso que eu voltava. Me dava pena. Um dia ele morreu e eu fiquei desolada. Por mais que aquele taturana fosse horrível por dentro, e só quisesse um pedaço de mim, eu ainda sentia pena. Não durou muito. Não durou muito porque alguns dias depois todo mundo soube dos nossos lances. Ele tinha me filmado escondido e mandado pra todo mundo pela internet. Daniel soube. Ele não conseguiu mais ser meu amigo depois disso. Voltei a morar com a minha tia por um tempo, mas não durou muito porque a minha prima não me respeita. Ela não conseguia olhar pra minha cara. Então eu tentei falar com Augusto, mas ele já estava morando em Salvador.

— Meu Deus. Eu lembro. Eu lembro desse dia. Eu tinha chegado mais tarde em casa e minha mãe estava discutindo alguma coisa com meu pai. Entrei devagar e escutei o seu nome. Eles ficaram mudos quando me viram. Augusto tinha recém defendido sua dissertação.

— Não tive alternativas. A única pessoa que eu ainda conhecia era aquele outro menino que entrou comigo lá dentro, César. Ele estava morando em São Paulo. César ficou muito feliz quando escutou a minha voz. E sabe qual foi a coisa mais absurda de todas? Em todos aqueles anos lá dentro a gente mal falou sobre nós mesmos. Se tivéssemos, talvez as coisas fossem menos difíceis. Só quando eu cheguei em São Paulo, com a ajuda dele pra pagar a minha passagem, é que eu, já na casa dele depois de alguns dias, fiquei sabendo que a gente estudou na mesma escola. Ele estudou na nossa escola, mas eu já tinha saído quando ele entrou. Talvez ele até tenha sido seu colega. César era cozinheiro em um lugar grande na Zona Oeste. E foi nesse dia que eu descobri que ser filho de militar é uma bênção (você devia agradecer) porque eu nunca imaginei que o mesmo poderia ocorrer comigo depois de sair de lá de dentro. Não tive essa sorte, mas tive a sorte de ter amigos. Por algum milagre ele conseguiu me colocar lá também. Na cozinha, limpando pratos. Dia sim, dia não, eu voltava com um calo novo. Isso durou alguns meses. Mas todo dia eu acordava e pensava que havia mais do que isso. No caminho pro trabalho, de noite, quando dava a lua cheia, e a luz batia nas nuvens deixando um contorno, eu pensava sobre aqui. Pensei muito sobre aqui. Pensei muito em voltar e ver esse tudo. Se mais alguns meses se passassem e Gabino não tivesse aparecido, eu talvez teria voltado. Mas o fato é que depois de um tempo trabalhando eu comprei um telefone. Um telefone. E com ele, um outro mundo. Em tempo, conheci Gabino num aplicativo. Rolou super bem. Ele era um biólogo, professor universitário. A gente saiu várias vezes. Ele não me fez sentir menos quando contei sobre tudo. Foi com ele que eu inclusive descobri e pude usar a palavra *atencioso*. Eu não costumo usar essa palavra e não gosto da ideia de usá-la em vão. Mas Gabino era atencioso. Foi ele quem me fez pensar sobre a mulher que talvez estivesse em mim. Foi Gabino quem me disse sobre a possibilidade de uma mudança de sexo, e fez com que eu me distanciasse de qualquer sentimento negativo sobre mim mesma. Ele também me contou o que era uma cirurgia de mudança de sexo. E sobre os males e venenos que a palavra alheia joga sobre nós. E tem mais. Não é só a sociedade quem é cruel com a mulher. A natureza também. Existe uma diferença dos sexos que coloca um em vantagem em relação ao outro. Em se tratando de mudança de sexo, não são poucas as mulheres que morrem nesse procedimento, ou têm sequelas para o resto da vida. Há na vagina a dificuldade de tornar-se um pênis. Mas não há dificuldade alguma de um pênis tornar-se uma vagina. É como se ele tivesse em si a potência para ser uma. É como se fosse um mero rearranjo de partes. Todas as peças estão lá. Não é preciso mais nada. À vagina, para ser um pênis, falta. É necessário enxertos e partes extras. E quanto mais Gabino falava sobre isso, mais eu lembrava das coisas ditas pelo pai segundo de Daniel, e aos poucos cada ponto foi se conectando.

— E você já descobriu o que é ser mulher?

Alagoas sorriu e deixou a pergunta no ar.

— Escuta, Alagoas, você se importa se eu parar um pouco? Eu ainda não dormi e estou precisando de um descanso. Quero chegar em Maceió acordado.

— Claro. Deve ter algum lugar mais tranquilo do que a estrada.

— Eu não me importo em dormir no acostamento, não. Se bem que eu vi uma placa ali atrás que dizia que estávamos próximos da estação ecológica. Deve haver um lugar pra entrar por aqui.

Mais adiante achamos a entrada da Estação Ecológica de Murici e dobramos. Subimos até o som da estrada parecer distante. Era o cansaço, a direção pesada, o calor e os arrepios de algo me incomodando.

— Eu só vou dormir um pouco, Alagoas. Só um pouquinho e aí você vai poder me contar mais. Tirar o peso do corpo. Eu só preciso dormir, parar um pouco, encostar aqui, respirar. Me acalmar. Quem sabe como estará Maceió?, num dia como hoje. Será que ainda não afundou? Eu devia trazer Silvana pra cá um dia. E Carol. Mostrar o que há de tão bom. *Ad bonum et prosperitatem*, infeliz lema da nossa infância litoral, não é mesmo, Alagoas? O que se esconde em Alagoas, afinal? Uma vez num passeio da escola eu me perdi em Penedo. Fiquei o dia inteiro sentado no banco da praça esperando alguém vir me buscar. Mas só vieram depois que escureceu. Foi um policial que veio até mim. Ele disse que ia contar pra minha mãe que eu tinha fugido e tinha sido preso. Isso me assustou muito. Mas ele não fez nada disso. Ele só me colocou sentado numa cadeira e fez eu ficar esperando até alguém da escola aparecer e me levar de volta. O que você acha que se esconde atrás do suor das têmporas do policial da nossa capital?, linda Maceió. Veja o Sol, as ondas de rádio, os pólos magnéticos, o tungstênio, os cabritos, os tardígrados. Todas as manchas solares. Os registros das observações de 1839 até hoje.

O carro tremeu. Alagoas estava assustada.

— Você está bem? — ela perguntou.

O sentido me demorou pra voltar.

— Sim. — respondi.

— Mesmo?

— Sim. Que horas são? Quanto tempo eu dormi?

— Umas duas horas. Seu telefone tocou. Eu peguei e coloquei no silencioso. Espero que não se importe.

— Não, sem problema.

— Também peguei pra saber o que anda acontecendo.

— Eu preciso sair um pouco.

Abri a porta e fui caminhando em direção a um poste, não muito longe do carro, tropeçando em algumas pedras. Agora não estava tão quente e parecia que ia chover. A vista me lembrava de casa.

Da minha primeira casa, com um barranco perto da entrada no portão. Desisti de fazer xixi no poste depois que vi alguma coisa morta ali perto. Alagoas me observava de dentro do carro. Apanhei mais algumas castanhas que ainda estavam dentro do saco no bolso da camisa e comi. No meio do caminho senti a solidão mais uma vez. Debaixo da árvore, na sombra, lembrei que quando a solidão vem é pra nos furar. E todas as vezes é assim. Procurei outro lugar para fazer xixi e voltei para o carro.

Voltamos à estrada e nos colocamos em direção a Maceió.

— É isso. É agora. Me sinto um pouco nervoso. Acho que não conseguiria entrar de novo em Maceió se estivesse sozinho. Obrigado por estar aqui.

— Você tem certeza de que não prefere ir direto pra casa? — Alagoas perguntou.

— Eu preciso fazer isso. Se eu não pisar em Maceió hoje, não piso mais. E faz sentido que você esteja lá. E me fará feliz também. Eu sei que Augusto gostaria de nos ver chegando assim. Juntos. Você está nervosa?

— Sim. Ainda mais sabendo que estamos próximos de onde eu trabalhei, no ferro-velho. Será que podíamos passar lá? Você está aqui e eu me sentiria melhor em ir com alguém do que ir sozinha. Preciso ver Daniel, saber se ele está bem, se seu pai está bem.

— Façamos isso.

Os ventos passavam por mim mais fácil e a cabeça arejava muito. Apertei forte a direção para não sair voando às nuvens. Tremia. Todo. É que não é fácil voltar quando todo mundo pensa que você não merece estar lá. Assim era.

— Como é voltar para você? — perguntei.

— É um misto de coisas incríveis e bem passadas e há um sentimento de repulsa e ao mesmo tempo de amor. Estou pronta.

Ao entrarmos no primeiro bairro da capital dobrei conforme Alagoas me disse até pararmos em frente a um prédio na beira da faixa. Era o ferro-velho. Ela respirou antes de sair e fechar a porta.

— Você vai comigo? — ela disse à janela.

Saí do carro e me pus do seu lado, me sentindo inútil, pois se algo acontecesse não saberia o que fazer. Prestei atenção na sua batata da perna — a mancha. Nos aproximamos da entrada do que parecia ser uma garagem. Nos fundos, um homem olhava a TV. Ele percebeu a movimentação vinda da frente e se levantou. Caminhou até nós — cada passo mais devagar ao chegar perto. Era com Alagoas a coisa dele. Ele nem me viu. Alagoas era mais alta que nós dois e o azul do seu cabelo batia. Batia forte no ambiente. Foi isso eu acho.

— Posso ajudar vocês dois? — ele disse.

— Oi. Eu estou procurando Daniel. Ele trabalhava aqui.

— Quem são vocês? — o homem se fechou.

— Eu sou amiga dele.

— Você? Você conhecia o meu filho? E por que você quer falar com ele?

Alagoas parecia sem resposta.

— Seu André, faz muito tempo que eu não venho aqui. Eu não moro mais aqui. Eu só queria ver ele.

— Quem é você?

Alagoas gelou. O homem repetiu a pergunta. Ela se virou e começou a caminhar em direção ao carro.

— O que você quer com meu filho? Por que você quer falar com ele? Se você precisa mesmo, procure por ele no Cyridião. Agora ele está na prisão de gente grande.

Segui Alagoas de volta para o carro. O homem vinha na nossa direção gritando mais coisas. Não consegui puxar a chave do meu bolso porque ele falava alto. Ao que ele encostou na janela, dei partida e voltamos à estrada. Ficamos em silêncio por um momento.

— Você está bem? Eu não entendo. Por que ele ficou tão raivoso tão de repente?

— Ele nem me reconheceu... ele nem me reconheceu.

— Talvez eu deva parar.

— Não. É melhor a gente ir pra minha tia.

— Tudo bem.

Aquele choque me acordou e fui tremendo cada vez menos até chegarmos na rua da tia de Alagoas. As ruas não mudaram de lugar — o que parecia estranho. Só me dei conta de que estava em Maceió quando parei o carro. Tudo o que eu mais queria era que as casas não estivessem afundando. Eu queria que Alagoas ainda estivesse morando em Maceió. Se as casas não estivessem afundando, Alagoas não teria ido morar em Recife. Se Alagoas não tivesse ido morar em Recife, não teria pego o avião de Pernambuco. Ela ainda estaria aqui, inteira.

— É aquela casa. — ela disse.

— Você quer que eu vá com você?

— Você se importa?

— Não, claro que não.

Mas ela não saiu.

— Uma vez Augusto foi até São Paulo me ver. Foi nessa vez que ele me contou que tinha um filho. Eu imaginei que ele tinha lhe contado sobre. Por isso nem perguntei se você já sabia. Ele só ficou um dia. Me contou que Otília tinha se mudado pra uma cidade chamada Alagoinhas. Augusto ficava indo e vindo de Salvador. Se dividindo entre o estudo e ser pai. Foi uma coisa que ele me disse que soou estranho. Ele disse que havia sonhado em ser mãe. Que ficava grávida(o) e tudo mais.

Não sei porque guardei isso. Mas depois que ele foi embora, comecei a perceber a minha disforia. Com Gabino, eu conversava noite adentro e ele me explicava, e aos poucos eu fui tendo o desejo de começar com os hormônios. Você sabia que assim como tem pessoas que tomam drogas para fins recreativos, tem pessoas que tomam hormônios para fins recreativos? Não sabia por que essa ideia me encantava tanto. Gabino me conseguia os hormônios e eu tomava. Começou como uma brincadeira? Talvez. Mas virou uma coisa séria. Tomar hormônios na presença de Gabino foi uma das coisas mais incríveis que já me ocorreram. A calma, a serenidade. Ele me mostrou o que é ser menos desumana. Eu falava. Ele escutava. E em um desses momentos contei sobre aquele dia. Tenho memória tipo maré. Não sei qual é a minha lua. Eis que hora ou outra me vem aquele dia. Contei sobre Marcela. Foi a primeira vez fora da Febem que eu contei pra alguém que tinha matado um cara. Ele só escutou. E me abraçou. Algum tempo depois Gabino me levou no cinema pra ver *Blue* do Derek Jarman numa sessão noturna e quando eu escutei os movimentos do azul me transformei. Algo mudou em mim. Algo mudou em mim no meio do filme. Quando voltamos pra casa eu já não era mais a mesma pessoa. E agora estou aqui de volta. Como posso eu estar aqui de volta? Você é pai agora. Você tem uma filha lhe esperando. Uma filha que você ainda nem conhece. Por que estamos aqui? Onde tudo de ruim começou. Eu nem sei mais se quero ver a minha tia. Você sabe que ela não é minha *tia*, tia mesmo? Ela não é a minha tia de verdade. Tenho o sentimento de que não sou benquista aqui. Talvez a gente deva ir embora.

— O que é o tempo certo? Como que eu me coloco no tempo certo? Se uma engrenagem sai do eixo é possível colocá-la de volta com a máquina em movimento? Eu sinto que desde a morte de Augusto eu não consegui mais me colocar no eixo. Eu fico esperando e esperando pelo momento em que eu acho que a máquina vai desligar e só então seria possível me colocar de volta nos trilhos, endireitado no caminhar do jeito como deve ser. E eu sei que é loucura ficar esperando porque a máquina nunca desligará. Por muito tempo eu pensei que Augusto fosse voltar e colocar uma chave inglesa nas engrenagens e eu poderia ficar parado, cochichando pra ele, sem perturbar o momento ou mais ninguém. Mas estamos aqui agora. Por que não bater lá e só dizer um oi pra sua tia? Dizer que você está bem. Eu carrego essa vergonha de não conseguir me colocar à frente de mim mesmo. Eu uso meu próprio corpo como uma sombra. Eu tenho medo. Eu tenho medo de achar que está tudo bem. É como você disse. Eu sou pai agora. E eu não quero que tudo esteja bem.

Porque se tudo está bem então eu não preciso mais pensar em Augusto. Ninguém me disse ou ensinou que a responsabilidade existe dentro do tempo, assim como o certo e o errado.

— Meu Deus.

— O quê?

— É ela? Não pode ser.

— Quem?

Alagoas saiu do carro e começou a caminhar em direção a uma senhora sentada em uma cadeira na calçada. A segui.

— Quem é ela?

— Senhora Benigna?

A mulher segurava uma vassoura como apoio. Ela olhou para Alagoas com muita dificuldade para virar a cabeça.

— Benigna? Você está falando da minha filha?

— Sua... filha? A senhora Benigna é sua filha? Sim, ela... Ela está aqui?

— Não posso ajudar você com isso, não. Sei pouco, mas sei que minha filha morreu faz um tempo. Eu não posso ajudar com outra coisa, não?

— Não, está tudo bem. Obrigada.

Alagoas se virou para ir embora.

— Esperem, vocês. O que vocês querem com a minha filha?

— Como eu digo isso... Eu só queria... agradecer. — Alagoas disse.

— Agradecer, é? Pelo quê?

— Ela me ajudou quando eu era menor. Escuta, eu não sabia que ela tinha uma mãe... viva. Eu não lembro de você. Você não morava aqui, morava?

— Correto, isso.

As poucas palavras nos deixavam embaraçados.

— Quantos anos você tem? Desculpa perguntar assim.

A mulher olhou para o céu e buscou os números no ar.

— Eu tenho 105 anos. É muito?

— Ôxe! Mas não é pouco. O que você faz aqui? Desculpe perguntar.

— Você se desculpa demais, eu hein. Alguém tem que ficar aqui cuidando das coisas.

— Cuidando das coisas? — falei.

— Você não sabe de nada? Coitado desse aí. Chega pra lá, faz o favor. Você está mandando o vento embora.

Dei uns passos para trás, contrariado.

— É do advogado isso, não de mim. Foi o advogado quem disse e vocês escutem agora. Não é pra contar por aí. Vocês sabem que quem não vai embora ganha processo. Quem fica ganha dinheiro. Quem ficar, arruma briga depois, e ganha dinheiro. Palavra dele, do advogado. Só conto porque se a minha filha ajudou você, vocês devem ter seus motivos. Fecha o bico, viu. Mais dia menos dia o oceano vai tapar tudo. Não é do meu plano chegar até esse dia. Mas enquanto o bairro afundar, eu afundo junto.

— Você está falando sério? Você quer ficar aqui? Por dinheiro?

— Você vai me dar dinheiro? — ela olhou para mim — O vento, meu filho. O vento. Você está tapando o vento.

Dei dois passos pra trás.

— Não sei nem o que dizer.

— Quando você pensar em alguma coisa, diga pras minhas filhas e netas e netos que eu não fui embora.

Alagoas deixou a mulher e foi até o prédio. No portão havia um papel preso com algumas palavras em negrito: **evacuação, perigo, morte, risco, desabamento.**

— Ela não está aqui. Flávio, não sei como você vai escutar isso, mas não sei se quero ir para Salvador. A minha tia foi a única pessoa que cuidou de mim. Não posso simplesmente ir embora daqui sem encontrá-la.

— Por que a gente não vai até a praia e pensa melhor sobre isso? A gente precisa comer alguma coisa e raciocinar. Vamos? A gente pensa melhor na praia.

O azul de Alagoas começara a atrair alguns olhares e a deixou reticente. Ela abanou à mãe de

Senhora Benigna e voltou para o carro. Desconfiei da veracidade do vento porque nada se mexia. A mãe sorria. Aos poucos, cada pedaço de cada conversa de cada pessoa de cada casa de cada canto da rua de cada bairro de Maceió de Alagoas de um grande corpo de terra de barro de outros tempos de paz se amontoou na minha frente e fez um grande painel panorâmico me mostrando o porquê daquele momento ser tão fundamental na minha virada do que talvez fosse o presente mais importante de toda a minha vida. Caí. Acordei com Alagoas em cima de mim, me abanando. As pessoas já se amontoavam atrás dela. A mãe sorria. Mão pra cá, mão pra lá, tampa de isopor pra ventar, água de coco do vendedor na cara, *bota ele na sombra, bota ela na cama, Saulo, depila ela, enraba ela, é, de quatro, Saulo Baltazar, comedor de virgem e de puta, futuro prefeito de Maceió.* Alguém segurou as minhas costas para que eu tomasse um pouco da água de coco. Foi forte. Por bem não bati a cabeça nem nada e fiquei só com um arranhão nos joelhos. Ao olhar o que tinha acontecido, minha vida se foi embora. Morri. Mas como eu não queria, não aconteceu. Eu estava lá. E via tudo. Levantei, com ajuda. *Depois da água, é só chacoalhar e continuar caminhando. Passa.* Aos poucos, as pessoas foram se dispersando e então senti o vento. O sentimento de solidão havia voltado e com ele o frio. Alagoas se dava como

102 Bruno Coelho

escora para o meu peso. Ela agradeceu a todos e o vendedor me deixou ficar com o coco. Éramos só nós dois então.

— Você ainda quer ir até a praia? Você não acha que já fomos longe demais? A sua esposa está esperando por você. A sua filha recém-nascida também. Por que vamos ficar mais tempo aqui? Por que você ficaria mais tempo aqui? Você quer que eu ligue pra elas?

— Eu não sou casado.

— O quê?

— Entendo que você esteja preocupada. O que é só mais um pouquinho aqui? Eu só preciso comer algo. Por que não ir até a praia, comer alguma coisa e pensamos sobre a sua tia? Pensamos em alguma coisa. Não gosto dessa ideia, mas é possível, *possível*, que a minha mãe tenha o contato da sua tia. Eu poderia falar com ela e descobrir onde ela está. Que tal?

Alagoas parecia apreensiva. Sentados no carro: eu com um coco gigante nas mãos e ela com um olhar de consternação pelo meu futuro. Pela primeira vez, Alagoas ligou o rádio.

— *... entre tantos sergipanos, por que, diacho, você foi ficar com um alagoano, menina? O que há de tão especial aqui desse lado do rio? O que é que ele tem que enfeitiçou tanto assim o seu coração? Por que ele te merece? São muitas questões e questões* que nenhum professor ou acadêmico ou profissional da área das artes do amor poderá um dia sequer responder para nos tranquilizar. Mas isso é tudo uma brincadeira. Não o amor, o deboche, e peço desculpas por isso, pois sou leonino e cheio de caprichos, minha mãe assim me diz. O que é que interessa, ouvinte? O que interessa é saber que hoje, este nosso alagoano, Eustáquio, declarará seu amor à Soledade de uma forma... um tanto medieval. Sim. Medieval é o termo a ser empregado. Hoje às 18 horas Eustáquio caminhará de joelhos até Propriá para declarar seu amor à Soledade no centro dessa cidade. Estaremos com um correspondente na saída da ponte, do lado de Propriá, esperando o jovem Eustáquio, que nos trará as últimas notícias. Quanto tempo ele levará? Não sabemos. Só sabemos que ele tem toda a nossa simpatia alagoana para a travessia. E eis que chegamos àquele tópico de difícil compreensão à psique humana, o amor. Tema tão complexo, tão sentimental, tão fundamental, tão complexo que quando a gente menos espera lá vem ele e nos larga o tom. Eu tive um sonho essa noite. E... até me vêm arrepios agora... eu via montanhas, uma cadeia de montanhas até onde a vista pode ver e de alguma forma aquelas montanhas conversavam comigo, sem palavras, sem símbolos, sem sinalização alguma, só pela intuição, pelo aparelho intuidor é que elas falavam coisas. E elas diziam que lá dentro no *fundo delas havia uma grande concentração de um sentimento compartilhado pela população humana. Havia uma grande bolsa de amor enterrada dentro das montanhas. O que isso significa? Eu não sei. Mande uma mensagem para me ajudar a decifrar essa mensagem.*

Gotas da água de coco pingavam na minha camisa. Muito vi gotas pingando desse jeito quando pequeno. Ainda mais na escola. Nunca me acostumei com a tal da farda militar. As memórias dessas gotas não pertencem a mim. Depois que a irmã de Alagoas desapareceu, vez ou outra eu a via com o uniforme pingado na altura do peito, quando voltando do intervalo, e não sei se na época ela se dava conta que os outros sabiam de toda essa tristeza que carregava. Um tempo depois elas sumiram. E veio o silêncio. Não lembro muito bem de Larissa. Ela era mais velha. Acho que Augusto gostava dela.

— Como você está se sentindo? — Alagoas perguntou.

— Melhor. Aqui dentro está melhor. Minha cabeça está dando voltas. Não consigo parar de pensar naquela festa. Volta e meia eu penso que se a gente não tivesse aberto aquela porta sem querer as nossas vidas não seriam tão desgraçadas. Você não teria matado ele, você não teria sido presa, você teria visto meu irmão entrar na faculdade e se formar, você teria tirado mais fotos com nós, feito viagens.

Alagoas tinha um mar revolto.

— Não dá pra mudar isso, você sabe. Também penso naquele dia. Se eu pudesse, teria feito diferente. Na hora eu queria matar ele. Eu realmente queria. Eu não queria só assustar. E a janela estava logo ali como que me apontando o caminho.

Ela mirou um ponto no painel do carro por um tempo. Alagoas olhou para mim e começou a chorar. Chorei junto. A abracei até pararmos. Liguei o carro e seguimos para a praia. Dirigi devagar, por medo e ao mesmo tempo para preencher as lacunas das ruas das minhas memórias. Estava tudo lá e mais um pouco. Chegamos à orla, estacionamos o carro e descemos. Até chegarmos a estátua não consegui deixar de montar na minha cabeça o dia em que tiramos aquela foto há tanto tempo. Alagoas se escorou num coqueiro e me esperou. Não resisti e fiz a mímica do tirar uma foto.

— Imagina nós três aqui de novo. Eu, você e meu irmão. Isso seria legal. Seria bom.

— Você quer escutar uma coisa? Aquela foi a primeira foto que eu tirei.

— A *primeira* foto que você tirou? Na vida? Como?

— Naquele tempo, nem todo mundo tinha uma câmera, Flávio.

— Verdade...

— Não posso ir a Salvador com você. Não é certo. Já fugi demais desse lugar. Eu quero ficar aqui. Minha tia deve estar precisando de mim. Preciso encontrá-la. E não vejo como eu poderia não atrapalhar você, estando lá, morando lá. Não preciso só encontrar a minha tia. Preciso descobrir onde está a filha de Mairá e contar pra ela sobre a mãe, sobre nós, talvez. Sou grata por você ter ido a Recife e me tirado do hospital. Agradeço que você quis me levar a Salvador pra morar com você. Mas o tempo está todo errado. Lembro que quando viemos aqui aquele dia eu tinha muita dúvida sobre se vocês dois gostavam de mim. Foi Larissa quem me incomodou para que eu fosse e saísse de casa. Eu não costumava prestar atenção ao que ela dizia, mas naquele dia a escutei. E foi bom. Andava muito ansiosa e sozinha no hospital. Ver você foi bom. Porque você me lembra de Augusto. E seu irmão sempre trouxe muita calma pra mim. Sei que isso soa estranho e é, acontece que toda vez que eu saio na rua e dobro uma esquina, sinto no canto do meu olho como se ele aparecesse pra me dizer alguma coisa, me deixar algum recado. Acredito que nada disso seja plausível. E, no entanto, não consigo deixar de pensar em como seu irmão e minha irmã causam falta tamanha às nossas vidas em momentos parecidos das nossas vivências. Todos os meus planos morreram naquele avião. Todos os meus possíveis eus. Homens e mulheres. Os dessa vida e os da próxima. Quisera eu ter morrido homem e nascido mulher. Você acha que naquela foto eu já era uma mulher?

Esta obra foi composta em Stempel Garamond
e impressa em papel pólen 90 g/m² para a
Editora Reformatório, em junho de 2021.